KB036257

의
맨
생
활

미카와 고스트

일러스트 Hiten

"그럼, 매력이 없었다……로, 흐음~."

"솔직히 그런 욕망이 없는가 하면, 거짓말이려나."

"흐~응. 욕망은 있나 보네."

체육 시간의 의붓 여동생

밤의 의붓 여동생

"세탁한 다음의
이건 손수건이랑 거의
마찬가지잖아."

"여성 혐오증일 거라고 생각했거든."

"아사무라 군, 사이좋은 여자도 있었구나."

"전화? 받아도 돼. 나는 속박하는 취미는 없으니까. 눈앞에서 통화해도 신경 안 써.

아야세 사키
Saki Ayase

의매생활

Days with my Step Sister

저자
미카와 고스트

일러스트
Hiten

옮긴이
박경용

"전 인류가 드라이하게
지낼 수 있으면
편할 텐데.
나랑 아사무라 군
처럼."

아야세 사키

고등학교 2학년. 부모의 재혼으로
유우타의 의붓 여동생이 된다.
화려한 차림이라 불량 학생으로
오해받고 있으며, 반에서도 붕 뜬
느낌이다.

"오~! 소문으로
들은 오빠다!
정말로 옆 반의
아사무라네~!"

나라사카 마아야

사키의 같은 반 친구.
언제나 활기차고 남을 챙겨주
기 좋아하며, 고립된 사키를
보다 못해 귀찮게 달라붙다
보니 친구가 됐다.

"은혜를 베풀어두면
나중에 돌려받을 수
있을지도 모르잖아.
Win—Win이야."

아사무라 유우타

고등학교 2학년. 부모의 재혼으로
사키의 의붓 오빠가 된다. 어쩐지
남과 거리를 두고 있다. 활자 중독
수준으로 책을 좋아한다.

마루 토모카즈

유우타의 같은 반 친구. 유우타에게는 거의 유일 하다고 할 수 있는 학교의 친구. 야구부원이며 오타 쿠이기도 하다.

"아빠, 결혼하기로 했다."

아사무라 타이치

유우타의 친아버지이며 사키의 의붓 아버지. 전처와 여러 일이 있어 이혼하고, 아야세 아키코 와 재혼한다. 유우타, 사키와의 관계는 양호.

"여동생이 생겼잖아? 이 오빠 녀석아."

"언제나 고마워어. 정말, 우리 후배는 듬직하네에."

"우후훗. 타이치 씨에게 이야기는 들었지만, 정말로 의젓하네."

요미우리 시오리

대학생. 유우타가 아르바이트를 하는 서점의 선배 알바생. 참견쟁이 선배 로서 유우타와 「여동생과의 관계」를 응원해준다.

아야세 아키코

사키의 친어머니이며 유우타의 의붓 어머니. 전남편과 이혼한 뒤, 열정적 으로 일에 힘을 쏟아 재혼할 때까지 혼자서 사키를 키웠다.

Contents

Days with my Step Sister

이것은, 어제까지 남이었던 나와 그녀가
진짜 「가족」이 되기까지의 이야기―.

●프롤로그

이것은 실제로 체험한 나니까 할 수 있는 말인데, 의붓 여동생이라는 존재는 그냥 남이다.

고등학교 2학년의 나이에 그 진리에 도달한 것은 사춘 기 남자로서는 최악의 불행이며, 한 명의 가족으로서는 최고의 행운이었다. 만화나 라노벨, 게임에서는 피가 이 어지지 않은 것을 면죄부 삼아 당연하다는 듯이 연애 대 상 히로인이 되고, 우여곡절을 겪으며 남녀로서 맺어진 다. 그런 창작을 진심으로 믿고 묘한 기대를 하며 매일을 보냈다면 분명히 안쓰러운 놈이 됐을 거고, 「오빠는 여동 생을 지키는 법이다」라며 주인공 같은 역할을 제멋대로 떠 맡게 됐을 거다.

현실은 다르다.

세상 남자들이 망상하는 의붓 여동생과, 진짜 의붓 여동 생은 어떻게 다를까? 예를 들어 서점에서 아르바이트를 마치고 밤이 되어 집에 돌아온 나와, 소파에 앉아 따뜻한 코코아를 마시고 있던 의붓 여동생의 대화는 이렇다.

"어서 와, **아사무라 군**."

"다녀왔어, **아야세 양**."

이상.

이해하셨는지요?

말끝에 달달한 설탕을 뿌린 것 같은 「오빠야♪」도 없고, 끔찍한 거라도 본 듯 오빠를 혐오하는 「뭐? 냄새 나니까 말 걸지 마, 망할 오빠」도 없다. 평범하고 상식적인 타인의 인사가 있을 뿐이다.

생판 남한테 과장되게 어리광을 부리는 것도, 혐오를 토해내는 것도, 둘 다 평등하게 비현실적이다.

나와 의붓 여동생의 관계에 두근두근도 꽁냥꽁냥도 과한 존경도 의존도 있을 리 없다. 태어나서 17년 동안 한 번도 뒤섞이지 않고 살아온 상대에게 「자, 내일부터 가족입니다」라고 한들 특별한 감정을 품는 건 무리다.

우연히 2년 연속으로 같은 반이 된 동급생이 훨씬 친밀도가 높을걸.

나, 아사무라 유우타, 올해로 17세. 고등학교 2학년이다.

이 나이가 되어 어째서 나에게 의붓 여동생이 생겼는가 하면, 아버지가 「건강」했기 때문이다. 그런 꼴을 당하고서도 용케도 재혼할 생각이 들 줄이야. 진심으로 존경한다.

철이 들었을 무렵부터 싸우기만 했던 부모님을 보고 자란 나는, 아버지가 이혼한다는 얘기를 했을 때 그게 당연하다고 생각했다. 아버지는 자신의 주변머리가 부족했다며 고개를 숙이며 사과했을 때, 엄마가 바람피운 게 원인이라는 것을 알고 있던 나는 냉랭하게 생각하며 듣고 있었다.

그 이후로 여자란 생물에 딱히 기대를 하지 않으며 살아왔는데, 어느 날 학교에서 돌아왔을 때 아버지에게 갑자기 그 말을 들었다. 아르바이트를 하러 서점에 가려고 자전거 열쇠를 꺼내, 현관에서 신발에 발을 넣던 타이밍이었다.

"아빠, 결혼하기로 했다."

"뭐?"

"상대는 포용력이 넘치는 미인 누나다. 괜찮지?"

"수식어로 표현해도 어떤 사람인지 모른다고. 좋은지 나쁜지도 판단 못하겠는데."

"위에서부터 92, 61, 90."

"숫자로 표현한다고 될 이야기는 아닌 것 같은데……. 새어머니의 첫 정보로 쓰리 사이즈를 알게 된 아들의 마음을 생각해달라고."

"스타일 끝내주는 엄마가 생겨서 기쁘지?"

"아니, 딱히?"

"이럴 수가……! 성욕에 휩쓸리지 않다니, 정말로 사춘기니? 전부터 메말랐다고 생각하긴 했는데."

"이보세요."

아들에 대한 인상이 이상하잖아. 태클을 걸었다.

여자에게 아무것도 기대하지 않는다고 하면 흔히 오해를 받는데, 나는 어디까지나 여자의 인간성에 기대가 없는 것뿐이다. 알몸의 여성을 보면 흥분하고, 수영 수업에서 수영복을 입은 여학생을 보면 스멀스멀 끓어오르기도 한다.

그저 아버지의 연인— 이제부터 어머니가 될지도 모르는 상대에게 성욕이 솟구칠 정도로 절조가 없는 건 아니라고.

"하지만, 마흔이 되어서 용케 만났네. 상대는 직장 사람이야?"

"상사랑 같이 갔던 가게에서 일하던 애야. 취해서 쓰러진 나를 정성스럽게 보살펴줬거든."

"그거, 사기 아냐……?"

밤의 여자는 악인이다, 라는 고정관념에 얽매일 생각은 없지만 한 번 여자한테 데인 아버지가 말하자 묘하게 부정적인 설득력이 있다.

"괜찮아. 아키코 씨는 그렇지 않으니까. 앗핫핫하~!"

사기당하는 사람들이 자주 하는 말을 하면서 소리 높여 웃는 아버지를 보고, 나는 기가 막혔다.

그래도 반대는 안 했다.

"아버지가 행복하다면 아무래도 좋아. 나는, 그냥 여태해왔던 대로 할 뿐이니까."

기대하지 않는다는 것은 그런 것이다. 새로운 어머니가 생기는 새로운 생활에 아무것도 기대하지 않는다. 그러니까 만약 속았다던가, 불행해지는 경우라던가, 그런 부정적인 상상도 안 한다. 될 대로 되겠지. 나는 그때 그것밖에 생각하지 않았다.

"아니, 여태 해왔던 대로 할 수는 없어. 여동생이 생기니까."

"뭐? 여동생?"

"그래, 여동생. 아키코 씨의 딸. 사진을 봤는데, 참 귀엽더라."

아무래도 상대 여성과 아버지 둘 다 이혼 경험자에 재혼 상대인 모양이다. 그런 처지가 비슷하다는 점도, 서로 끌린 이유 중 하나라고 한다.

"이거 봐. 귀엽지?"

"아~. ……뭐, 그렇네."

하이텐션으로 내민 아버지의 스마트폰에 뜬 사진은, 초등학교 저학년쯤 되는 앳된 생김새의 여자애였다. 아동용으로 번역된 해외 판타지 소설을 무릎 위에 펼치고 있었다. 낯을 가리는지, 카메라를 보고 있는 눈이 어쩐지 쑥스러워 보였다.

"축하한다. 이걸로 유우타도 오빠야!"

"생긋 웃으면서 엄지를 세우며 말해도 말이지. ……뭐, 귀여운 건 틀림없고, 기분이 안 좋은 것도 아니지만."

또래 여동생은 귀찮은 이미지가 있지만, 초등학생이라면 달라진다. 혹시 몰라 말해두지만, 로리콤은 아니다. 열 살 가까이 나이가 떨어져 있다면 괜한 신경 쓸 일이 없을 거라는 안도감이 있을 뿐이다. 귀엽다고는 생각하지만 로리콤은 아니다. 귀엽다고는 생각하지만.

"그래서, 오늘 밤 9시에 만날 약속을 했거든. 알바 끝나면 주변에 있는 로열 호스트로 좀 와줘."

"갑작스럽잖아……."

"아니, 말을 꺼내야지~ 하고 생각한지 어느덧 한 달. 그러다 약속한 날까지 말을 못 꺼내서."

"미루는 것도 정도가 있어야지!"

"아하하. 미안하다."

이게 우리 아버지다. 관자놀이 부근을 얇은 손가락으로 긁적이는 아버지의 미덥지 못하지만 사람 좋은 느낌이 스며 나오는 쓴웃음을 보고 한숨을 쉬었다.

"알았어. 갈게. 심야에 놀러 다니는 불량한 아들이 아니라는 걸 감사하세요."

"그건 처음부터 걱정 안 했다. 믿고 있으니까."

정말로, 진짜 사람 좋은 아버지라니까.

새로운 어머니. 새로운 여동생. 새로운 가족.

그 말을 뭉게뭉게 머리에 떠올린 나는, 아르바이트에서 선배(미인)에게 작업이 엉망이라고 지적을 받으면서도 어떻게든 일을 처리했다.

데보라 잭이 말하기를, 멀티 태스크는 어리석음의 극치이며 하나에 집중해야만 성과를 낼 수 있다. 나는 지금 아마도 초등학생일 여동생과 첫 만남을 어떻게 성공시킬 것인가에 집중해야 한다. 따라서 일은 반자동적으로 처리한 것이라고 주장했더니 선배한테 혼났다.

그 책을 가르쳐준 것도 선배인데, 부조리하다고 생각된다.

하지만 일을 마치고 돌아갈 때는 「야무지게 하고 와, 오빠야!」 하며 등을 두드려줬다. 역시 선배는 좋은 사람이다.

밤의 시부야. 알바하는 서점에서 자전거를 타고 도겐자카를 몇 분 정도 올라가자, 약속한 패밀리 레스토랑에 도착했다. 혼잡한 시간대라 그런지, 입구는 젊은 여성 단체 손님으로 넘치고 있었다. 흘러나오는 대화 내용은, 지금 사귀고 있는 남자 친구에 대한 불평이었다.

옷이 촌스럽고 기분 나쁘다, 여성 경험이 얕아서 여심을 모른다— 그런 말을 피부를 검게 태우고, 화려한 옷을 입고, 머리카락을 전위적으로 치켜 올린 여성이 말하고 있었다.

저기, 누님. 상당히 촌스러운 모습입니다만 괜찮으신가요? 그리고 불만이 있다면 본인에게 직접 말해야 의미가 있는 거 아닐까요?

……라고 말할 리 없이, 그녀들의 옆을 지나친 나는 이미 가게 안에 있다는 아버지의 LINE 메시지를 보고 좌석을 찾았다.

저런 화려한 인종에다가, 남자에게 과한 기대를 하고 있는 여성하고는 평생 가까워지고 싶지 않다. 이제부터 만날 여동생이 초등학생이라 다행이다. 결단코 로리콤은 아니지만. 이제부터 그녀가 저런 인종으로 자라지 않을 것을, 기대는 하지 않아도 남몰래 기원하기로 하자.

"아~, 유우타. 이쪽이야."

가게 안을 돌아보고 있는 나를 발견했는지, 창가 좌석에서 아버지가 손을 흔들며 나를 부르고 있었다.

다른 손님의 주목을 받아 어색함을 느낀 나는 눈을 깔면서 괜히 빠른 걸음으로 자리에 걸어갔다.

—위화감의 싹은, 이 시점에서 이미 얼굴을 내밀고 있었다.

한 걸음 걸을 때마다 그것은 머릿속에서 쑥쑥 성장하여, 아버지 앞자리에 앉아 있는 새로운 가족의 모습이 확실하게 보이자 뿌리를 내리고 줄기를 뻗었다. 자리에 도착했을 때는 혼란이라는 꽃이 활짝 피었다.

이상하잖아, 이건. 대체 무슨 일이지?

"처음 뵙겠습니다~. 네가 유우타구나. 아르바이트로 바쁠 텐데 이런 식으로 불러내서 미안해."

"아, 아뇨. 아들인 아사무라 유우타입니다. 당신은, 아버지의……."

"아야세 아키코라고 합니다. 우후훗. 타이치 씨에게 이야기는 들었지만, 정말로 의젓하네."

당황하여 서 있는 나에게 맨 처음 말을 걸어온 여성—아야세 아키코라고 자기소개를 한 여성은, 아버지의 이름을 친근하게 부르면서 행복하게 미소를 지었다.

잠깐 동안이지만 표정이나 눈매에서 어른의 매력이 느껴진다. 포용력이 넘치는 미인 누나라는 아버지의 형용에는 요만큼의 과장도 없었다.

밤거리에 피어 있는 민들레 같은 사람이라고 생각했다.

그렇지만 내 혼란의 원흉은 그런 절세의 미인, 아키코 씨가 아니었다.

내가 눈길을 빼앗기고, 눈을 떼지 못하고 있는 것은 그 옆이다. 과연, 사진 속 모습과 닮았다. 그녀가 이제부터 여동생이 될 여자애겠지. 그러나 그 모습은 내 상상과는 전혀 달랐다.

"자, 너도 인사를 해야지~."

"응."

잘 만들어진 장식품처럼 등을 쭉 펴고 앉아 있던 여자애가 **밝은 색으로 물들인 머리칼을 쓸어 올려, 은색으로 반짝이는 피어스를 보이면서,** 나에게 신비로운 웃음을 지었다.

"처음 뵙겠습니다. 아야세 사키입니다."

"어, 아, 네. 아사무라 유우타입니다. 처음 뵙겠습니다."

예의 바른 인사를 받아, 나도 자연스럽게 등을 쭉 뻗었다.

—완전 다르잖아.

분명히 닮기는 했다. 사진으로 본 초등학생 여자애와 동일인물이라고 한다면, 1초 만에 납득할 수 있다.

다만, 그것이 **10년 전의 모습**이라고 말했다면 말이다.

나는 반쯤 압도된 상태로 아야세 사키의 모습을 보았다. 절대 초등학생일 리가 없는 숨 막힐 정도의 「여자」가 그곳에 있었다.

머리 모양은 롱 헤어를 깔끔하게 정돈했지만, 머리색은 화려하다. 손목에는 액세서리, 귀에는 피어스. 옷은 망측하지 않은 범위에서 어깨를 드러낸 원숄더 탑. 가게의 조명 탓에 언뜻 봐서는 알아보기 어렵지만, 아마 화장도 완벽하게 했다.

세련되고, 완전무장한 요즘 여자애. 내가 살면서 연관될 일이 없을 거라고 생각했던, 밝은 세계에서 살아가는 여고딩 그 자체.

그러면서도 첫 대면인 나에 대한 태도는 지극히 상식적이고 어른스런 여유가 듬뿍 있어, 단추를 미묘하게 잘못 채운 것 같은 위화감마저 느껴졌다.

나는 다음 말을 잇지 못한 채 자리에 앉아서, 옆에 앉은 아버지에게 귓속말을 했다.

"저기, 들은 거랑 다른데요?"

"그게 말이지, 나도 오늘 처음 만나고 깜짝 놀랐어. 사진은 초등학생이었는데."

"그러니까. 아무리 봐도 **나랑 동년배잖아.**"

"나이가 같대. 올해 열일곱 살. 고등학교 2학년."

"그건 이미 여동생조차 아니지 않아?"

"유우타가 생일이 1주일 빠르다고."

"1주일?"

고작해야 1주일. 그건 아무리 말을 꾸며도, 그냥 같은 나이잖아. 내가 상상하고 있던 「딱히 신경 쓰지 않아도 되는 마음 편한 여동생」의 모습이, 와르르 소리를 내면서 무너졌다.

"헷갈리게 해서 미안해. 사키도 참, 좀 크고 나서는 전혀 사진을 못 찍게 했거든. 보여줄 수 있는 게 옛날 사진밖에 없었어~."

나랑 아버지의 대화를 들은 아키코 씨가 볼에 손을 대면서 옆에 있는 딸을 흘겨보더니, 딸을 탓하는 것처럼 말했다.

나도 사진은 귀찮아하는 타입이니까 그 마음은 이해할 수 있다. 오히려 딸을 소개할 때 어린 시절의 사진을 보여주는 아키코 씨 쪽을 솔직히 이해하기 어렵다. 아무리 생각해도 상식적인 감성에서 어긋나 있다고 딱 잘라 말할 수 있다.

"나, 눈매가 나쁜지 사진이 잘 안 나와서."

"어, 아아. 그런가요."

난처한 기색으로 미소를 지은 사키— 아야세 양의 얼굴은, 세간의 일반적인 가치 기준에 비추어볼 때 미인이다.

나처럼 딱히 얼굴에 자신이 없는 놈이라면 모를까, 그녀가 사진을 피하는 것은 이해가 잘 되지 않았다.

물론 그 말은 마음속에 담아두었다. 미인이라면 사진에 겁먹지 않는다는 내가 제멋대로 품은 이미지를 그녀에게 강요할 생각은 없었다.

아야세 양이 가슴에 손을 대면서 말했다.

"하지만, 안심했어."

"뭐가 말인가요?"

"이제부터 공동생활을 보낼 상대인데, 무서운 사람이면 어쩌나 생각했으니까."

"그건 어떨까요? 정말로 무서운 사람은 상냥한 표정을 짓고 있을 것 같은데."

"타이치 씨한테 아까부터 여러모로 이야기를 들었거든. 거의 매일 아르바이트를 해서 대학의 학비를 모으고 있다던가. 성실한 사람일 거라고 생각했지."

"불과 수십 분 전에 아르바이트 선배한테 불성실하다고 혼났는데요."

"성적도 좋다고 했어."

"머리 좋은 범죄자가 많단 말이죠."

"아하하."

아야세 양은 입가를 손으로 가리고 얌전하게 웃었다.

우리의 대화를 조마조마한 기색으로 지켜보고 있던 부모님들도, 그것을 보고 안도한 것처럼 웃었다.

아무래도 의붓 여동생과 첫 만남은 성공적인 모양이다.

사전 시뮬레이션하고는 상당히 달랐지만, 내가 말하긴 뭣하나 나이스한 대응이었다. 이 정도면 무난한 관계를 맺을 수 있을 것 같네.

그렇게 줄곧 온화한 무드로 아사무라, 아야세 양가의 대면이 진행되고, 밤 10시를 지날 즈음에 내일 아침을 위해서 해산하게 됐다.

아버지와 아키코 씨가 계산하고 볼일을 보고 나온다고 하길래, 나와 아야세 양만 먼저 가게 밖으로 나와 기다리게 됐다.

심야지만 오히려 소란이 그칠 줄 모르는 도겐자카. 소리 높여 손님을 부르는 호객꾼과 술에 취해 새된 소리를 지르는 화려한 남녀를 보다가, 나는 옆에 있는 「여동생」을 힐끔 보았다.

그녀의 화려한 겉모습은, 지금 그야말로 시부야를 걷고 있는 사람들과 하나도 다를 바 없다. 내가 평생 이해할 수 없을 거라고 생각했던 「여자」 그 자체였다.

하지만, 방금 패밀리 레스토랑에서 대화를 나눠보니 그녀의 깊은 지성을 느낄 수 있었다.

겉모습은 어디까지나 겉모습. 성격이나 예의하고는 상관없다. 그렇게 단순한 거면 알기 쉬워서 좋겠지만.

하지만 이 「여동생」의 우호적인 태도는 단지 그걸로 끝이 아니다. 뭔가 말로 표현하기 어려운 위화감을 두르고 있었다.

그리고 그 위화감의 정체는 금방 판명됐다.

"있지, 아사무라 군. 두 분이 나오시기 전에, 말해두고 싶은 게 있어."

"부모님한테는 말 못하는 거?"

"그래. 더욱이 말하자면, 아사무라 군이 아니면 말 못해."

"그렇게 짧은 대화로 그 정도 신뢰를 얻은 건가요? 나 굉장하네."

"그 유머, 말투, 표정. 하지만 그중 무엇 하나도 강한 열기가 느껴지지 않아. 그러니까 아마, 내 말도 정확하게 이해해줄 거라고 생각했거든."

"아……."

알겠다. 다시 말해서 그녀는 나와 비슷한 타입이다. **방금 전까지 느끼고 있던 위화감도, 그걸로 설명할 수 있었다.**

그리고 그녀는 말했다. 나중에 돌이켜보면, 이때 그녀가 한 말이 우리의 남매 관계를 결정적으로 정의해 버린 것이리라.

"나는 당신에게 아무것도 기대하지 않을 거니까, 당신도 나에게 아무것도 기대하지 말아줬으면 해."

이 의미, 당신이라면 정확하게 이해할 수 있지?

그녀는 그렇게 말하고, 눈동자에 내 얼굴을 똑바로 반사시키며 대답을 기다렸다.

대답은 고민할 것도 없었다.

사람에 따라서는 너무나 차가운 결별의 의미로 들릴 수 있는 그 말은, 나에게는 무엇보다도 성실한 인간관계의 제안이었으니까.

"안심했어. 지금, 처음으로."

"응, 나도. 지금, 처음."

"꼭 그 스탠스로 가자, 아야세 양."

"고마워, 아사무라 군."

이렇게 나, 아사무라 유우타와 의붓 여동생 아야세 사키의 관계가 시작됐다.

●6월 7일 (일요일)

"우리 집에 온 걸 환영해! ……뭔가 아닌데. —앞으로 한 지붕 아래서 사는구나! ……이건 좀 징그러운가. 으으음."

쌓여 있는 종이박스와 어제 도착한 새로운 가구들 옆에서, 나는 거울과 눈싸움을 하며 1인극을 반복하고 있었다.

저녁, 오후 5시경.

일본에서 가장 평균점수가 높은 주택가(과장 표현)에 있는 맨션의 3층, 그 중 한 집.

방 세 개, 거실, 부엌 구조.

남자 둘에게는 너무 넓었던 이 집이, 오늘부터 조금 좁아진다. 이제 곧 찾아올 새로운 가족을 어떤 표정으로 맞이해야 할까? 나는 5분 정도 고민하고 있었다.

애당초 전제부터가 이상하다.

세 개의 방 중 하나는 부부가 쓰기로 했으니 아버지가 아키코 씨를 맞이할 준비를 하는 건 논리적이다.

그러나 여동생이 된다곤 하나, 어제까지 남이었던 여자의 방 정리를 사춘기 남자인 날보고 도우라고 하다니. 용케도 이런 섬세한 결단을 내렸다.

"어라아? 이상하네. 어디 갔지?"

"왜 그래?"

아버지가 복도에서 난처한 소리로 투덜거리며 걷고 있기에 내가 말을 걸었다.

"아아, 마침 잘 왔어. 페브리즈 어디 있지?"

"거실일걸. 어제 커튼에 뿌리고 그대로 뒀을 거야."

"아~, 그렇구나! 고마워!"

허둥지둥 소란스럽게 슬리퍼 소리를 내며 거실로 가는 아버지.

"아니 근데, 이제 와서 뭘 그렇게 당황하는데?"

"침실은 나중으로 미뤄뒀는데, 막상 청소를 시작했더니 냄새가 신경 쓰이기 시작하더라……. 냄새난다고 생각하면 기죽는다고……."

"섬세도 하셔라."

"나 정도 나이가 되면 치명적이거든! 유우타도 지금은 젊으니까 괜찮겠지만, 20년 뒤에 분명히 이렇게 된다."

"좀 더 아들이 미래에 희망을 가질 수 있는 말을 해보면 어떨까?"

페브리즈 용기를 손에 들고 부부 침실로 뛰어들어가는 모습을 보면서, 나는 기가 막혀 한숨을 쉬었다.

그렇게 신경 쓰이면 매일 좀 하지, 라는 말은 바쁜 샐러리맨에게는 역시 너무 가혹한 말이려나?

"내 방은 괜……찮겠지?"

조금 불안해지네.

아야세 양하고는 서로 아무것도 기대하지 말자고 약속했지만, 나는 첫날부터 고교생 남자의 스멜이 충만한 방에 여성을 들일 정도로 비상식적인 인간은 아니다. 침대 시트의 세탁, 청소, 탈취 작업은 모두 꼼꼼하게 끝냈다. 내 코가 망가진 게 아니라면 아마 괜찮겠지.

내가 지난 며칠 공들인 성과에 만족하고 있자니, 현관의 벨이 울렸다.

—드디어 왔군.

"유우타~. 부탁해도 될까?"

"그래요, 그래."

포기할 줄 모르고 침실의 탈취에 힘을 쏟는 아버지 대신 내가 재빨리 현관으로 갔다.

"기다리셨……어?"

"기다렸습니다~."

되도록 웃으면서 친근하게.

그것을 의식하여 완벽한 표정을 만들었지만, 문을 연 순간에 얼어붙었다.

그곳에 아키코 씨가 양손에 한가득 백화점 종이봉투를 들고 서 있었다. 작은 손에서 빠져나오려는 대량의 짐, 종이봉투 입구에는 커다란 통 프로슈토[#1]가 튀어나와있어서

#1 프로슈토 돼지 뒷다리를 통으로 양념과 소금에 절여 숙성시키며, 훈제는 하지 않은 이탈리아식 햄의 일종.

참으로 기이한 존재감을 뿜어내고 있었다.

"저기, 아키코 씨. 그거…….."

"오늘부터 신세를 지겠습니다, 하는 마음을 담은 물건을 사왔어요~."

"이렇게 많이요? 어쩐지 너무 신경을 쓰게 만들어 드린 것 같네요."

"너무 신경 쓰지 마. 이건 그런 거 아니니까."

기가 막힌다는 목소리.

아키코 씨 뒤에 서 있던 사키— 아야세 양(이쪽도 두 손에 종이봉투를 들고 있었다)이 지친 기색으로 말했다.

"엄마는 거절을 못 하는 성격이거든. 판매원이 권하는 걸 전부 사 버린 거야."

"아아, 그래서…….."

"아이참. 그러면 내가 못난 어른 같잖아."

"사실이잖아."

"에이~! 안 그렇다니까? 그렇지, 유우타?"

나한테 화살이 날아왔다.

솔직히, 너무 귀가 얇은 편이라고는 생각한다. 이것이 생 프로슈토와 눈싸움을 하고 있던 내 거짓 없는 마음이지만, 어린애처럼 볼이 빵빵해져서 나를 쳐다보면 솔직하게 말할 수가 없게 된다.

그렇다고 「그렇지 않다」고 거짓말을 하는 것도 좀 켕긴다.「어리광 받아주지 마」라며 가만히 이쪽을 바라보는 아야세 양의 조용한 눈빛이 그렇게 말하고 있다. 모녀 사이에 끼인 가여운 중간 관리직이 된 나의 선택은,

"계속 서서 이야기하는 것도 뭣하니 들어오세요. 짐, 들게요."

자연스럽게 넘기기였다.

인간의 행복 달성에는 흘려듣기 스킬 획득이 불가결하다고 머리 좋은 사람이 말했다.

직전까지의 흐름을 무시한 것을 신경 쓰지도 않고, 나에게 종이봉투를 건넨 아키코 씨가 나긋하게 웃었다.

"고마워. 역시 남자애네."

"아하하."

감사의 말에 애매한 웃음으로 답하고, 나는 몸을 돌렸다. 새로 산 슬리퍼를 권하고, 아야세 모녀를 집 안으로 초대했다.

거실에 들어서자, 아키코 씨가 밝게 소리쳤다.

"으으음~. 감귤 계통의 좋은 냄새가 나네에."

"흐음~. 꽤 깔끔하구나."

광이 나게 닦은 마루와 상쾌한 공기가 떠도는 거실을 보고, 아야세 양도 감탄하여 숨을 내쉬었다.

"뭐 급하게 청소를 한 거지. 평소에는 별로—."

"타이치 씨가 말한 그대로네에. 정말로 깔끔한 걸 좋아

하는 부자야."

"—건전한 정신을 얻으려면 일단 청결한 공간부터라고 하니까요."

부정하려던 말을 집어넣고, 재빨리 태도를 뒤집었다.

위험했다. 아무래도 아버지는 아키코 씨한테 좋은 인상을 주려고 괜히 좋은 면을 어필한 모양이다. 거짓말이 들켜서 호감도가 급락하여 파국을 맞이하더라도 자업자득이야. 그렇게 생각하는 한편, 여자에게 데여도 다시 일어나 새로운 행복을 붙잡으려는 아버지의 발목을 잡는 것도 가여우니까 나는 일단 말을 맞추기로 했다.

그렇게 결심한 내 얼굴을 아야세 양이 수상쩍은 것을 본 듯 빤~히 바라보고 있었다.

"평소에도 이렇게 깔끔하게 하고 살아?"

"그야 물론이지. 먼지 한 톨 남기지 않고 섬멸하라. 그게 아사무라 가문의 가훈이니까."

"어쩐지 뒤숭숭한 가훈이네."

거짓말은 아니다. 시골 사는 할머니가 우리 선조인 전국 시대 무장의 말이라고 했었다. 십중팔구 거짓말일 거라고 생각하면서도 웃으며 들은 기억이 있다.

"그건 그렇고. 역시 대단하네, 타이치 씨."

아키코 씨가 우후후 웃었다.

"섬세한 멋을 부릴 줄 아는 사람이지만, 그것뿐 아니라

집까지 멋지다니."

"섬세한 멋…… 아버지, 가요?"

"그러엄. 처음 가게에 왔을 때는 상사랑 같이 와서 그런지 소박한 느낌이었지만. 두 번째부터는 코롱의 향기도, 넥타이 브랜드도 일류 사회인이란 느낌이었어."

"아~."

그러고 보니, 이상하게 옷이나 향수에 돈을 쓰던 시기가 있었다.

어른의 세계는 필요한 게 많구나 싶어서 납득했는데, 설마 좋아하는 여성의 주의를 끌기 위해서였다니.

"아, 안녕! 아키코 씨, 사키!"

부부 침실 쪽에서 아버지가 나왔다. 여자에 대한 어필이 중학생 수준이라는 것이 명백해진 아버지가, 지금 그야말로 방을 탈취하고 있던 패브리즈 용기를 손에 쥐고 있어서 나는 흠칫했다.

"잠깐, 아버지……."

손에 든 거 집어넣어. 내가 기껏 커버해줬는데, 벼락치기 청결의 증거를 당당히 들어 올리지 말라고.

그렇게 직접 말할 수는 없으니 아이콘택트로 전달하고자 했다.

하지만 나의 노력은 허망하게 무너지고, 아버지는 거울 앞에서 몇 백 번 연습한 것 같은 미소를 지으며 말했다.

"우리 집에 잘 왔어! 이이이, 이제부터 한 지붕 아래서 잘 지내자!"

망했다. 그야말로 징그러움의 대명사.

말을 고르는 것도 징그럽고, 괜히 그럴 듯한 말을 하려다가 더듬거린 데다 표정도 리얼하게 안쓰럽다.

"이렇게 대환영을 해주니 기뻐어~. 자 이거, 선물!"

"생 프로슈토잖아. 좋은걸. 오늘 밤은 생햄 파티를 하자!"

이걸로 신이 날 수 있다니. 참으로 쉬운 부부로군.

아키코 씨는 패브리즈를 깨닫지 못했고, 아버지는 대량의 짐을 자연스럽게 받아들인다. 뭔가 어긋난 사람들끼리 궁합이 좋은 건가?

"있지, 아사무라 군."

"응?"

"방을 보고 싶은데. 안내해줄래?"

"아, 아아…… 알았어요."

일그러진 시공 속에서 웃는 부부를 제쳐두고, 나와 아야세 양은 백화점의 짐을 거실에 두고서 그녀를 위해 마련한 방으로 갔다.

"여깁니다."

"호오. 여기가…….

"커튼이나 침대는 준비했지만, 시트의 색 취향은 몰라서 마음에 안 들면 바꿔도 괜찮아요. 책상도 일반적으로 생각해서 창가에 뒀는데, 옮기고 싶으면 말을 해줘요."

"고마워. 함께 살 준비를 제대로 해줬구나. ……오~."

문을 연 내 옆을 지나쳐서, 방의 한가운데까지 걸어간 아야세 양.

목소리 톤은 평탄하지만, 두 눈은 호기심 왕성한 고양이 처럼 두리번거리며 움직이고 있었다.

같은 나이의 여자애가 눈앞에 있다. 그것도 머리칼을 밝 게 물들이고 온몸을 세련되게 꾸민, 희대의 미인이다.

샴푸인지 향수인지 페로몬인지, 아니면 동정 남자는 상 상도 못할 무언가 특별한 힘이 작용하는 건지, 방 안에는 벌꿀을 졸인 것처럼 달콤한 냄새가 떠돌고 있었다.

향기의 꼬리를 끌면서, 그녀가 돌아보았다.

"꽤 넓어."

"그런, 가요? 평범하다고 생각하는데."

"예전 집은 낡은 아파트였어. 단칸방에, 내 방도 없었어."

"단칸방에 이불을 깔고서, 둘이서 잤구나, ……잤던 건 가요?"

어쩐지 가구가 거의 새로 산 것 같더라.

"아니. 잘 때는 방을 독점했었어. 내가 학생이고, 엄마가 밤에 일하니까 마침 생활 리듬이 정반대였거든."

"하지만 그러는 편이 여러모로 마음 편하지 않나요? 같 은 집에 남자가 두 사람이나 늘어버려서 미안해요."

"음……. 그건 상관없는데……, 한 가지 괜찮을까?"

"뭔가요?"

"그거."

"응?"

"왜 존댓말이야? 무슨 신념이나 교의 같은 거라면 마음대로 해도 되는데."

그런 묘한 종교는 믿지 않는다. 첫 대면인 사람이나 웃어른에게는 존댓말을 써야 한다는 수수께끼 룰을 아무 의문도 없이 받아들이는 일본인이란 시점에서, 무의식적으로 어떤 종교적인 가치관에 묶여 있는 거라는 태클은 제쳐두자.

"왜냐고 해도 뭐라고 해야 할지……."

"같은 나이니까, 조금 더 편하게 대해도 괜찮아. 배려를 해주는 거라면, 딱히 그럴 필요도 없고."

"같은 나이니까 그런 건데요."

"응? 같은 반 친구한테 존댓말 쓰면 이상하지 않아?"

"그건 강자의 논리죠."

나는 17년 인생에서 여자와 연관된 일이 거의 없었다. 아야세 양 같은 화려한 모습의 여자라면 더욱 그렇다. 「편하고 친근하게 대해줘」라고 다들 아무렇지도 않게 그런 말을 하지만, 그건 결코 간단한 일이 아니다.

"그런가? 아사무라 군의 방식에 뭐라고 참견할 생각은

없지만. 만약 나를 배려하는 거라면 딱히 필요 없어."

"배려를 한다는 생각은 없었는데요. ……아~."

말하는 도중에 나는 문득 생각해냈다.

서로 기대하지 않고 살아가자. 처음 만난 날, 패밀리 레스토랑에서 돌아올 때 아야세 양이 그렇게 말한 것을 떠올렸다.

기대하지 않는다. 그 의미를 곱씹으면서 나는 그녀에게 물었다.

"이건 분명하게 확인하는 편이 좋을 것 같아서 여쭤보는데요. 혹시 ……『존댓말을 안 했으면 좋겠다』, 라는 뜻인가요?"

"그렇네. 솔직히 말해서 편한 말투가 더 진정이 돼. 딱히 나는 존경 받을만한 사람도 아니고."

"오케이. 그러면 관둘게, 존댓말."

어깨를 으쓱거리면서 반말로 바꾸었다.

아야세 양이 놀라서 눈을 크게 떴다.

"간단히 관두네."

"솔직히 익숙한 친구처럼 대하는 건 어렵지만, 기껏 속내를 털어놔줬잖아. 이렇게 알기 쉽게 보여준다면, 나도 편하지."

"그래. 역시 생각했던 그대로네."

방긋, 아야세 양이 웃었다.

말투에도 표정에도 억양이 없고, 드라이해서 차가운 인

상을 주는 콘크리트 같던 아야세 양의 부드러운 부분을 처음으로 엿본 것 같았다.

"이런 『간격 조정』이 되는 거, 수수하게 좋네."

"『간격 조정』이라. 절묘한 말이군."

그렇다. 지금 막 나와 아야세 양 사이에서 나눈 대화를 한 마디로 표현하면 그렇게 된다.

일단 아야세 양은 나에게 어떤 종교적 배경이나 신조가 있는 경우를 고려하면서, 존댓말을 하지 않아도 된다고 나에게 말했다. 그에 대해서 나는 그녀의 솔직한 희망으로서 존댓말을 관두기 바라는지 확인하고, YES의 대답을 얻어 타협점을 찾아 그곳에 안착했다.

극히 당연한, 단순한 커뮤니케이션이라고 생각하는가?

그러나 내 주관으로 이렇게 원활하고 착오가 없이 「간격 조정」을 한 것은 처음 하는 경험이었다.

대개의 경우, 인간은 상대에게 이해나 공감을 바란다.

설명하지 않아도 내 마음을 알아줘! 어째서 그 말이 나를 짜증나게 한다는 걸 이해 못하는 거야! ―다른 사람의 머릿속까지 들여다볼 수 있는 것이 아닌데, 다들 그렇게 억지를 부린다.

그러면 처음부터 자기 패를 직설적으로 드러내면 된다.

나는 이런 말을 들으면 화냅니다. 나는 이런 걸 소중히 여깁니다. 그렇구나, 그러면 우리는 이렇게 지내도록 하

자. 상대가 이해해주기를 기대하지 말고, 서로를 파악하기 위한 정보를 교환한다.

"인류 모두가 그런 식으로 행동할 수 있으면 편할 텐데. 나랑 아사무라 군처럼."

"그야 그렇지만, 좀 어렵겠지."

존댓말을 싫어하는 감성을 나는 전혀 이해할 수 없다. 그러나 그것을 좋아하지 않는다는 사실만 파악할 수 있으면, 괜한 스트레스를 주지 않을 수 있다.

사무적으로, 기계적으로.

솔직한 감정을 간격 조정하여 서로를 파악한다면 다들 행복할 거라고 생각하지만, 사회는 좀처럼 그렇게 안 된다.

"학교 친구들한테 그런 스탠스를 취하면 말이지, 『계약서도 아니고 뭐야』라며 웃거든. 그리고 진지하게 생각해주지도 않아."

"그건 힘들겠네."

"응. 그래서 한 명 말고는 다 쳐냈어."

"오오…… 그건 또 대단하네."

행동력이 있다고 해야 할지 강단이 있다고 해야 할지. 깔깔 웃으면서 말하는 모습에는 묘한 후련함이 있었다.

"딱히, 쳐내도 괜찮은 정도의 사람밖에 안 쳐냈어. 무슨 생각을 하는지 모르는, 어딘가에 지뢰가 있을지도 모르는 애들 눈치를 살피는 건 시간이 아까우니까."

"지당한 말이야. ……아차. 시간이라고 하면, 서서 얘기하는 것도 시간 낭비지. 짐 정리, 도와줄까?"

"상냥하네."

"은혜를 베풀어두면 나중에 돌려받을 수 있을지도 모르잖아. Win—Win이야."

"생각이 깊구나."

"너무 놀리진 말아줘……."

"칭찬한 건데 말이지. 그러면 뭐부터 손을 대볼까."

실내를 돌아보면서 뭔가 생각에 잠긴 아야세 양. 역시 그거겠지. 그게 없으면 시작도 못해. 그러면서 한 차례 중얼거린 다음에 그녀는 종이 상자를 가리켰다.

"일단, 저것부터 정리하고 싶은데. 커터 칼 있어?"

"그야 있지."

내 방으로 한 번 돌아가서, 책상 서랍에서 커터 칼을 꺼내 돌아온 나는 그녀가 가리킨 종이 상자에 다가갔다.

"아, 빌려주기만 하면 돼."

"신경 쓰지 마. 상자를 여는 것 정도야 돕는 거에도 안 들어가."

"아니, 그게 아니고. 그거—."

무언가를 말하려는 아야세 양의 목소리를 등 뒤에서 들으며, 상관하지 않고 커터로 테이프를 잘랐다. 찌이익 테이프를 떼어내자 종이상자 틈으로 하얀 천이 고개를 내밀었다. 그 순간, 아야세 양이 직전에 보였던 반응이 어떤 의미였는지 알고서 나는 후회했다.

"그거— 의류거든."

"그런 중요한 건 얼른 말해줬으면 좋겠어!"

눈에 들어와 버린 것에서 눈길을 돌리고, 당황하여 거리를 벌렸다. 동정인 게 훤히 드러나는 반응에 아야세 양이 깔깔 웃었다.

"아하하. 그렇게 오염물질처럼 다루지 않아도 되잖아. 너무하네에."

"눈에 독, 이라는 일본어 표현 알아? 사춘기 남자에게는 독극물이랑 마찬가지야."

"직접 입고 있는 거라면 위험하지만, 세탁한 다음의 이건 손수건이랑 거의 마찬가지잖아."

"집어서 들어 올리는 건 관두자. 진짜로."

상자에서 꺼낸 하얀 천을 훌훌 흔드는 모습에, 그저 천 조각임을 분명히 알고 있으면서도 묘하게 조마조마한 마음이 들고 만다.

인간관계의 가치관 따위는 나와 대단히 잘 맞는 그녀지만, 아무래도 두 사람을 가르는 결정적인 부분도 있는 것 같다.

"속옷은 아무리 그래도 내가 할 테니까. 그쪽의 교복이랑 옷가지는 행거에 걸어줄래?"

"교복도 상당히 자극적인데."

"일일이 발정하지 말아줘. 그러면 아무것도 도와 줄 게 없어지잖아. 자, 마음을 비우고 작업해."

"그, 그래. 마음을 비우고. 비우고."

스스로 되뇌면서, 나는 그녀의 교복을 손에 집었다. 셔츠, 스커트. 그리고 카디건. 그 모든 것의 촉감이 부드럽고, 의식하지 않으려 해도 어쩔 수 없이 신경 쓰게 된다.

"어라?"

손이 멈췄다. 아마도 학교에서 지정했을 넥타이에서 독특한 신록색의 무늬가 눈에 들어오고, 강렬한 기시감을 느꼈다.

"이거, ……어라, 아야세 양? 혹시, 스이세이 다녀?"

"응, 맞아. 나처럼 가벼워 보이는 애가 입시명문고에 다니고 있어서 깜짝 놀랐어?"

"놀란 포인트는 그게 아니고. ……나도 그런데."

도립 스에세이 고등학교. 시부야 구 주변의 도립 고교 중에서도 일류 대학 진학률이 높은 우등생의 배움터다. 공부에 엄격하지만 성적만 유지할 수 있으면 아르바이트를 해도 허용된다. 나는 그 높은 유연성에 매력을 느껴 입학을 정했다.

부모가 재혼해서 갑자기 생긴 여동생이, 같은 나이에다가 같은 학교를 다니는 동급생이었다니. 기구한 운명도 작작 좀 해라. 불행 중 다행인 것은, 둘이 같은 반은 아니라는 것 정도일까? 만약 그랬다면 얼마나 어색했을지 모른다.

그녀가 어떤 반응을 하고 있는지 힐끔 살피자, 아야세 양은 약간 그늘진 표정으로 눈을 가늘게 뜨고, 뭔가 진지하게 생각에 잠겨 있었다.

"아사무라 군도 스이세이구나……. 그래……."

"……어쩐지 미안. 우리 아버지가 사전에 리서치를 안 한 탓이야."

"아냐. 엄마도 확인 안 했었어. 사과할 일이 어디 있다고."

"하지만, 어색하잖아. 되도록 학교에서는 남인 척할게."

"어? 아니, 딱히 나는 아무렇지도 않아. 아, 하지만, 그래 주는 편이 아사무라 군을 위한 걸, 까?"

"그건, 무슨―."

물어보려던 말은, 갑자기 울린 진동음 탓에 목 안쪽으로 들어갔다.

대체 누군가 생각하여 봤더니, 「아르바이트」라는 심플한 등록명이 표시되어 있었다.

"받아도 돼. 나는 속박하는 취미는 없으니까. 눈앞에서 전화 통화를 해도 신경 안 써."

"정말로 마음이 맞네."

진심으로 그렇게 생각하면서, 나는 통화 버튼을 탭하며 방을 나섰다.

이런 시간에 전화를 건다는 것은 기존 근무자가 갑자기 펑크를 냈으니까 도와달라는 거겠지. 그렇게 예상하면서 받았다. 정말로 아무 것도 다를 바 없이 그 내용이었기에, 기가 막히면서도 예스맨인 나는 순순히 따르기로 했다.

통화를 마치고 방에 돌아오자, 나를 신경 쓰지 않고 짐을 정리하고 있던 아야세 양이 무덤덤하게 돌아보았다.

"상대방이 뭐래?"

"알바 펑크 좀 메워달라네. 미안. 정리 못 도와주게 됐어."

"괜찮아. 원래 내가 할 일이니까."

갑작스런 일인데도 싫은 내색 하나도 안하고, 그것이 당연하다는 것처럼 그녀는 응답했다.

같은 나이의 여자, 미인, 겉모습은 갸루#2. 개인적인 지뢰 요소가 3박자 갖추어져 있는데도 조금 긴장하는 정도로 문제없이 대화를 할 수 있는 것은, 오로지 아야세 양의 성숙하고 어른스런 태도 덕분일 것이다.

"그럼, 다녀올게요."

"응. 다녀와."

드라이하게 답하고, 척척 작업을 다시 시작하는 아야세 양. 그 모습에는 수많은 사람이 상상하는, 이른바 여동생의 분위기는 요만큼도 없었다.

#2 갸루 일본에서 유행하는 패션. 기본적으로 머리를 밝은색으로 물들이고 장신구를 다는 등 화려하다. 맨얼굴을 알아보기도 힘든 두꺼운 화장이 대표적인 이미지였지만, 최근에는 두꺼운 화장은 하지 않는 추세디.

그렇지만 새로운 가족으로서는 이보다 안심이 될 수가 없다. 나는 어쩐지 안도하는 마음으로 방을 나섰다.

시부야 역 근처에 있는 대형 서점.

충견 하치 입구로 나와서 바로 앞. 관광객이나 유튜버가 삼각대나 셀카봉 등 제각각의 방법으로 촬영하고 있는 풍경을 곁눈질하면서 스크램블 교차로를 건넌다.

커다란 소리로 스마트폰 게임의 CM을 재생하는 대형 광고판을 올려다보면서 자전거를 세우고, 8층 빌딩에 들어가면 일터가 나온다.

나는 여기서 서점 아르바이트를 하고 있었다.

어렸을 때부터 나는 책을 좋아해서 아동서적부터 해외문학, 미스터리도 판타지도 단물이 다 빠질 때까지 곱씹었다. 읽는다, 가 아니라 곱씹는다. 그렇게 표현하는 게 딱 맞을 정도. 그런 나에게 신간이 풍기는 종이 냄새가 물씬 떠도는 플로어는 그야말로 천국.

책은 좋다. 책은 여러 인간의 인생을 엿보게 해준다.

아사무라 유우타라는 인간이 체험할 수 있는 것은 보통, 오로지 변변찮은 남자의 인생뿐이다.

하지만 책을 읽으면 무수한 누군가의 인생을 공유할 수 있다.

물론 이야기만 있는 게 아니다. 자서전도 그렇고, 비즈

니스 서적도 그렇다. 온갖 책을 통해서 자신의 머릿속에 누군가를 잔뜩 입력할 수 있다.

좁은 시야.

앞뒤 분간도 못하는 오만.

얼굴을 감싸고 싶어지는 나르시시즘.

그런 창피한 자신이 되지 않기 위해 메타 인지를 한다. 객관적으로 자기 자신을 보도록 마음먹게 된 것은 책을 읽었기 때문일지도 모른다.

성인 남성의 뇌는 대략 1400그램.

지금은 고작 그 정도의 닫힌 세계의 상식, 기울어진 시점으로 내리는 판단에 따라 살아가는 것에 공포마저 느끼고 있었다.

'만약 책을 읽지 않았다면, 나도 저런 식으로 되는 걸까?'

오후 8시.

갑자기 연락을 받아 6시부터 시작하여, 휴일의 피크 타임 접객과 계산에 내몰리기를 내리 두 시간.

이제야 손님의 모습이 줄어들기 시작했다. 드디어 한숨 돌릴 수 있다고 생각하고 계산대에서 북 커버를 접는 간단한 작업을 하려고 했을 때였다. 매장 쪽에서 저런, 이라고 부를 광경을 보게 되어 버렸다.

"우와~, 아가씨 엄청 내 타입. 진짜 반했어."

"어떤 책을 찾으시나요?"

"어, 진짜 너무 귀여운데~. 알바 끝나고 나서 밥 먹으러 안 갈래? 몇 시에 끝나?"

"**24시간 연중무휴**, 일까요?"

"의미를 모르겠어서 웃겨. 누님 진짜 재밌으시네!"

여성 점원에게 친근한 척 달라붙는 껄렁한 남자. 여성이 명백하게 건성으로 대응하는 중인 데다 비꼬는 말까지 하는데도 이해 못 하고, 기죽는 기색도 없다. 이곳 시부야의 거리에서 흔히 보는 광경이지만 종업원을, 그것도 서점 안에서 이 정도로 끈질기게 꼬시는 장면을 보는 건 아무리 그래도 흔치 않다.

당하는 쪽은 전통 미인처럼 길고 검은 머리칼이 인상적인 여성이었다.

청순가련한 문학소녀— 그런 흔한 묘사를 기본으로 깔고 가는 아름다운 모습에, 향기를 풍기는 꽃 같은 분위기가 떠돌고 있었다.

무례하기 짝이 없는 경박한 헌팅 행위 앞에서도 생글생글, 일체 무너지지 않는 아리따운 영업 스마일을 유지하고 있었다.

하지만 눈은 조금도 웃지 않았다.

'트러블은 사양하고 싶은데…….'

그렇게 생각하면서도 나는 적당한 바인더와 목록을 들고, 소음이 발행하는 곳으로 향했다.

"요미우리 선배. 좀 물어보고 싶은 거 있는데요."

"앗, 응! 뭔데?"

"입하 목록이 이상해서요. PC의 정보랑 대조하는 방법을 모르겠어서."

"……알았어! 금방 갈게."

"앗. 잠깐. 기다려!"

내 의도를 금방 눈치 챈 여성 점원이 재빨리 그 자리를 벗어나려고 하자, 헌팅남이 당황해서 손을 뻗었다.

여성의 가녀린 손목을 잡으려고 뻗은 억센 손. 그러나 그 손끝을, 내가 들고 있던 바인더로 자연스럽게 막았다.

"**내 요미우리 선배**, 한테, 이 이상, 무슨 용건 있나요?"

"어?"

물론 나와 그녀는 그런 관계가 아니다. 이 상황을 돌파하기 위한 단순한 허풍이다.

쩍하고 입을 벌린 채 잠시 굳더니, 껄렁이 헌팅남은 손뼉을 치며 힘차게 고개를 숙였다.

"아차~. 내가 분위기 파악을 못해서 죄송함다! 하긴 그렇쥐~, 이런 미인이 남자친구 없을 리 없지~."

"엇. 아~. 뭐, 네."

솔직히, 맥이 빠졌다.

픽션의 세계에 흔히 있는 껄렁이 헌팅남의 행동 양식을 생각하면 흥분해서 덤벼들지도 모른다고 생각했는데, 진짜는 뜻밖에 쉽사리 물러나는가 보다.

이 사람만 그런 걸지도 모르지만.

"형씨~. 아가씨를 소중히 여겨주라고. 행복하세요!"

거기다 응원의 말까지 남기고, 껄렁이 헌팅남은 얼굴 옆에 노는 남성 특유의 포즈를 척 취하더니 가게에서 나갔다.

소란스런 손님이 물러가고, 정적이 돌아왔다.

고요함을 되찾자, 곧바로 다른 손님의 시선이 신경 쓰이기 시작했다. 나는 빨개진 귀를 감추고자 고개를 숙이며 빠른 발걸음으로 계산대에 돌아갔다.

"고마워, 우리 후배. 덕분에 살았어어. 근데 저 껄렁이, 저렇게 쉽사리 포기할 거면 처음에 튕겨낼 때 물러나면 좋았잖아. ……그치? 우리 남친?"

"그만하세요."

"하룻밤은커녕, 1분 동안의 연인이었네. 흑흑흑."

계산대로 돌아가자 아까 전의 영업 스마일은 어디 갔는지, 그녀가 소악마처럼 낼름 혀를 내밀고 키득키득 웃었다. 주머니에서 꺼낸 『요미우리 시오리』라고 적힌 이름표를 입가에 들더니, 자연스런 동작으로 유니폼의 가슴께에 달았다.

"업무 중에는 이름표를 떼면 안 되지 않아요……?"

"임기응변이야."

요미우리 선배는 유연한 검지로 비밀이란 포즈를 취했다.

"룰은, 조직을 원활하게 돌리기 위해 있는 거잖아. 내 본명이 알려져서 방금 그 남자 같은 헌팅남이 귀찮게 꼬이는 손님이 되면 그게 마이너스잖아."

"하긴, 그렇네요."

규칙이니까 우직하게 따르는 것이 아니라, 그 본질을 생각하여 행동할 수 있는 요미우리 선배는 엄청 머리가 좋은 거겠지.

개인적으로 그런 총명함이 이 사람의 가장 큰 매력이라고 생각하지만, 세상의 많은 남성은 그렇지 않은 모양이다.

"이번 달만 해도 벌써 세 번째야."

"아직 7일이니까, 이틀에 한 번 페이스네요."

"출근은 세 번째. 이러면 거의 통상업무라니까아."

손님의 눈에 띄기 어려운 계산대 뒤에서 흐물흐물, 괜히 주저앉는 요미우리 선배.

꼬시려는 남자가 나타나는 횟수를 불평하는 것은 상대에 따라서는 자학성 자랑이라고 받아들여도 이상하지 않지만, 나는 편견 없는 플랫한 스탠스를 최우선으로 생각한다. 묘하게 꼬아 생각하지 않고 순순히 고민을 받아주었다.

"하다못해 가게 안에서는 안 그랬으면 좋겠네요. 커버할 때마다 요미우리 선배가 놀리니까요. ……뭐, 이미 익숙해졌지만."

"언제나 고마워. 정말, 우리 후배는 듬직하네에."

"……아, 어쩐지 죄송해요. 은혜를 베푼 것처럼 말해서."

"괜찮아, 괜찮아. 실제로 폐를 끼치고 있으니까, 베풀었다고 해."

아하하 웃으면서, 내 어깨를 두드리는 선배.

겉보기에는 청순가련한 전통 미인인 요미우리 선배지만, 알바를 하다가 둘만 남으면 방심을 하는지 이런 식의 농담이 튀어나오기도 한다.

거리감이 이상하게 가깝고 편하게 바디터치를 하는 횟수도 많아서 처음에는 흠칫했다. 하지만 그녀가 그런 캐릭터라는 걸 파악하자 호의적으로 대해주는 만큼, 익숙해지는 것도 편했다.

"그건 그렇고, 여전히 인기만점이네요. 역시 미인이라 그런 걸까요?"

"우리 후배……. 너무 안이하게 칭찬하면 언젠가 아까 그 사람처럼 될 거야."

"무서운 말 하지 마세요."

"뭐 실제로 미인이라기보다는, 밀어붙이면 **한번 할 수 있다**라고 생각하는 게 아닐까?"

"그…… 그건……."

조짐도 없이 적나라한 말을 하자, 나는 무심코 말문이 막혔다.

미인이지만 어른스럽고 정숙한 타입.

이 시부야라는 거리에서는 이단이라고 할 수 있는 특징은, 분명히 남자에게 있어 착각을 불러일으키는 걸지도 모르겠지만…….

순진무구한 아가씨라 남자에게 면역이 없고, 밀어붙이면 함락되는 타입이라는 첫인상이 사내놈들의 슬픈 환상에 지나지 않는다는 걸 나는 잘 알고 있었다.

실물은 상당히 상스런 발언도 많이 하고.

"그런데 우리 후배 말이야. 오늘 계속 여자애 냄새가 나는데, 여친이라도 생겼어?"

은근히 S기질도 있다.

"이상한 말 좀 마세요. ……정말로 나요?"

"그야 완전, 풀풀. 얼마나 오래 달라붙어 있었으면 그 정도로 냄새가 밴 거야?"

"조퇴할게요. 집에 가서 샤워해야지."

"아~앙. 거짓말이야아~. 나 혼자 내버려 두지 마~."

유니폼의 소매 냄새를 맡으며 돌아가는 척하는 나에게, 요미우리 선배가 매달렸다.

지금 출근한 건 나랑 요미우리 선배뿐이다. 피크 타임이 지나간 다음이라지만, 남은 시간을 혼자서 일하는 건 무리가 있었다. 물론 그러는 척만 한 거지, 진심으로 돌아갈 생각은 없었다.

"그게, 전에 말했잖아. 여동생. 이제 슬슬 오지 않았을까

해서.”

“아~.”

생각났다. 그러고 보니 이 사람한테는 상담을 했었지.

의붓 여동생이 될 아야세 양과 처음 만났을 때, 그녀가 같은 나이의 여자라는 걸 알고서 어떤 거리감으로 접해야 좋을지 고민했다. 그래서 나는 근처에 있는 유일한, 그러면서도 이야기하기 편한 여성인 요미우리 선배에게 조언을 구했다.

아주 신나게 재밌어하고, 놀림만 당하고, 의미 있는 정보는 얻지 못했다.

『상대가 여자애, 라는 정보만 가지고는 뭐라고 하기 어렵지. 사람에 따라 성격도 취미도 가치관도 다르니까.』

이것이 그녀의 의견이었다. 하긴 분명히 그 말이 옳다. 납득해 버렸기 때문에, 나로서는 불평을 할 생각도 안 들었다.

“어때? 여동생, 귀여워?”

“아니, 그런 식으로 보는 건 어떨까 싶은데요.”

“아사무라 군이 그 상황을 기뻐하는 육식남이 아닌 건 안다니까. 내가 물어보는 건, 객관적으로 어떤가 하는 거야.”

“음……. 미인……, 이라고 생각해요. 네.”

순순히 대답했다.

어쩐지 머뭇거린 것은, 이제부터 가족이 되어 함께 살

이성을 그런 식으로 형용해 버리는 것에 대한 죄책감으로 가슴 속이 뒤숭숭했기 때문이다.

인간관계에 관한 태도는 닮은 부분이 있는 것 같지만, 그래도 아야세 양과 내가 같은 세계의 주민이라고 말할 정도로 뻔뻔스럽진 못했다.

스타일이 좋고, 얼굴의 부품도 단정하다. 예쁜 금발로 염색을 했고, 액세서리나 사복을 입는 것도 완벽한 패션으로 몸치장을 했다. 아야세 양은 명백하게 나 같은 음침 속성이 아니라, 양지 속성의 모습이었다.

그녀 쪽에서 생각하면, 잘 알지도 못하는 음침 계열 남자인 내가 칭찬의 말을 해봐야, 별로 기쁘지 않은 것을 넘어 징그럽다고 느껴도 이상하지 않다.

"휘유~. 미인이랑 동거라니. 봄이 왔구나."

"아무 일도 안 일어나요."

"아무개가 벌떡 일어나거나 하지 않을까?"

"갑자기 아저씨처럼 저속한 농담하는 버릇, 고치는 게 좋아요."

"중, 고, 대학 전부 여학교니까 어쩔 수 없잖아."

"여학교에 대한 명예훼손이야……."

"그런데 말입니다, 이게 진실이거든."

"……진짜로요?"

"믿을지 말지는, 당신에게 달렸습니다. ……후후후?"

도시괴담 소개 방송 멘트처럼 말하고는, 장난기를 듬뿍 담은 윙크를 하는 요미우리 선배.

  나는 내심 후자를 골랐다. 백합이 흐드러지는 꽃의 배움터라는 여학교의 신성한 이미지를 지키고 싶었다.

  "그야 나도 남자니까, 묘한 상상이 뇌리를 스치는 일은 있어요. 하지만, 솔직히, 그런 잡념을 품고 있을 때가 아니라고 할까요."

  "흐응?"

  "생각 좀 해보세요. 같은 나이의 이성과 한 지붕 아래서 살아야 한다고요. 이성과 접촉 경험 레벨 0인 나한테는 너무 어려운 문제란 말이죠."

  "내 성별은 뭐라고 생각하는 걸까?"

  "요미우리 선배는 실질적으로 남자니까요."

  "아하하! 잠깐, 그건 좀 심한데! 그야 분명히 절묘한 말이긴 하지마안."

  "남자 사람 친구로 분류됩니다. 듬직한 남자 선배 같은 거죠."

  음담패설도 하고. ─뭐, 여성이 음담패설을 더 적나라하게 하는 걸지도 모르지만.

  "아하하하. 아~. 홋, 하하하……. 좋아. 알~았어. 우리 후배의 여자 대응 스킬이 괴멸적이라는 건, 지금 그 대화로 잘 알았어."

"……반론도 변명도 안 할게요."

할 수 있을 리가 없었다.

"솔직히, 고민스러워요. 어떤 태도가 남매에 걸맞은 건지. 어떤 식으로 신경을 써야 되는 건지. 그런 걱정을 하느라 도무지 미인이랑 동거한답시고 기뻐할 생각도 못해요."

"우리 후배라면 있는 그대로 행동하면 괜찮을 거라 생각하는데~."

"제 있는 그대로요? 미움 받지 않을까요?"

"우리 후배는 있는 그대로의 내가 싫어?"

"……전혀."

"거봐."

"하지만 요미우리 선배는 미인이니까……. 미인의 본모습이랑 저 같은 음침캐의 본모습이 같은 가치일 리 없죠."

"자기평가 너무 낮잖아아. 나는 꽤 마음에 드는데, 우리 후배."

"하지만 요미우리 선배는 별종이니까……."

"오오. 같은 문맥으로 정반대의 말. 좋은걸. 예술 점수가 높아."

"그런 점 때문에 하는 말이거든요."

대화를 하다가 내가 뭔가 그럴 듯한 말을 하면 요미우리 선배는 갑자기 평론가의 표정으로 변한다. 그녀 말로는 문학소녀의 소양이라고 하는데, 일상 속에 숨어 있는 아름다운 수사적 표현에 언제나 눈빛이 반짝이게 된다고 했던가.

초 단위로 아재 개그를 생각하는 중년 남성과 본질은 같은데, 그 잔혹한 진실은 내 가슴 속에 묻어두기로 했다.

문학소녀와 중년 남성의 유사점에 슬픔을 품고 있자니, 요미우리 선배가 「그렇지」라며 내뱉더니 잰걸음으로 총총 매장 쪽으로 향했다.

조금 지나서 그녀가 돌아왔다. 손에는 책 한 권이 있었다.

"찾았어. 이거, 추천."

"『남녀의 과학』?"

"타인— 특히 이성과 사이좋게 지내기 위한 방법이, 심리학 기반으로 적혀 있어. 나도 꽤 참고하고 있지."

"재미있어 보이네요."

책을 받아 촤라락 넘겨본 나는, 순순히 그렇게 말했다. 목차를 슥 보기만 해도 지금 나에게 필요한 책이 될 것 같다는 예감이 들었다.

일단 상대를 알아야 한다.

다음으로, 자신을 알아야 한다.

그걸 위해서도 자기 자신을 객관화하는 방법을 익혀라.

다른 책에도 이와 유사한 내용은 적혀 있었다. 그렇기에 나는 자신을 객관화하는 삶을 살고 싶다고 생각하고 있으며, 그 점에 대해서 딱히 새로운 이야기는 아니었다.

그러나 『남녀의 과학』의 목차에 포함된 어느 한 줄에 눈길이 끌렸다.

『객관화 능력을 높이고 싶다면 일기를 써라!』

구체적이며, 또한 금방 쓸 수 있을 법한 방법. 그 한 점의 새로움만으로도 책을 읽을 생각이 들었다.

독서를 취미로 삼다 보면 과거에 읽은 것과 비슷한 서술이 있는 책을 보게 되는 일도 많지만, 주제가 같기 때문에 저자마다 세세한 테이스트, 논점의 차이를 언어유희처럼 즐길 수 있다.

내가 목차에 관심을 보이고 있는 것을 표정으로 읽어냈는지, 요미우리 선배는 마치 서큐버스처럼 씨익 웃었다.

"책의 효과는 내가 너로 입증했어."

"저도 모르게 쓰였었군요."

"신빙성 높지? 실제로 나랑 우리 후배는 잘 지내고 있으니까."

"분명히, 더할 나위 없는 설득력이네요."

백 마디 말 보다 한 가지 증거.

온갖 말로 다이어트의 근사함을 논하는 풍보보다도, 묵묵히 노력을 계속하여 현재진행형으로 말라가는 모습을 보여주는 예전 풍보가 몇 배는 믿음이 간다.

결국, 나는 이 책을 사기로 했다.

근무 시간이 끝나고 탈의실에서 알바 유니폼을 벗은 다음, 확보해둔『남녀의 과학』을 심야 0시까지 근무가 이어지는 요미우리 선배에게서 구입했다. 밤 10시까지밖에 일을 못하는 고등학생과 달리, 아직 돌아가지 못한다며 그녀는 탄식하고 있었다.

막 접어둔 북 커버로 정성스레 포장된 책을 받아서, 가방에 넣어 돌아가려다가 문득 나는 돌아보았다.

"아까 그 헌팅남 같은 친구가 시비를 걸면 언제든지 불러주세요. 자전거 타고 날아올 테니까."

한순간 고개를 갸웃거리는 요미우리 선배. 그러나 금방 싱긋 웃으며 기쁜 기색으로 표정이 풀어졌다.

"듬직해라~♪ 그러면, 우리 후배를 부르고, 경찰도 부를게."

"순서는 반대로 부탁합니다."

경찰을 부를 거라면 이 후배는 아무리 생각해도 필요 없었다.

자택인 맨션의 주차장에 도착할 무렵에는 밤 10시가 넘어 있었다.

돌아오는 길, 자전거를 손으로 밀면서 추천 일기 어플을 검색하고 다운로드하느라 평소보다 조금 시간이 걸렸다.

주차장에 자전거를 세우고, 엘리베이터로 3층까지 올라가는 도중에 문득 묘한 죄책감을 느꼈다.

지금까지 생활하던 것과 같은 마이페이스 감각으로 돌아

와 버렸는데, 가만 생각해 보니 아키코 씨나 아야세 양한테 알바가 몇 시에 끝나는지 알려준 기억이 없다.

아버지가 잘 설명을 해줬다면 좋겠는데, 그런 섬세한 배려는 솔직히 전혀 기대할 수 없었다.

가족 모두가 자고 있을 가능성도 생각하여 가능한 소리를 내지 않도록 자물쇠를 열고 문을 열어, 살금살금 발걸음으로 거실에 간다. 반투명 유리문 너머로 불빛이 보인다. 누가 깨어 있는 모양이다.

조금 몸이 긴장되는 것을 느끼면서 나는 거실에 발을 들였다.

거실에서 아야세 양이 혼자 소파에 앉아 있었다.

핫 코코아일까? 달콤한 김이 피어오르는 컵을 입에 대면서, 그녀는 무표정하게 스마트폰을 만지고 있었다. SNS일까? 상대는 친구나, 아니면 남자친구? 이 정도 미인이고 패션 센스도 좋은 화려한 갸루니까, 둘 다 있을 법하지.

"다녀왔어."

"어? 아~, 응."

스마트폰에서 고개를 든 아야세 양이 건성으로 대답했다.

적당히 넘긴다기보다는 당황함이 포함된 것 같은 표정이다. 외국인이 길 안내를 부탁한 것 같이 시선이 멍하니 이쪽을 보고 있었다.

"……아야세 양?"

"미안. 다녀왔어, 라는 말을 그다지 들어본 적이 없었거든. 어떻게 대답해야 좋을지 안 떠올랐어."

"아아…… 그렇구나. 생활 사이클, 어긋나 있었다고 했지."

그러고 보니 밤에 일을 하고 있는 아키코 씨하고 자는 시간이 안 맞는다고 말했던 것 같다.

처음에 들었을 때는 그런 가정도 있는 거겠지, 라는 생각밖에 안 했다. 하지만 다녀왔어란 한 마디에도 당황한다는 사실에 묘하게 가슴이 뭉클했다.

"심각해 보이는 표정 짓고 있네."

아하하. 아야세 양이 쓴웃음을 지었다.

아무래도 속마음이 상당히 겉으로 드러나 있었나 보다.

"괜찮아. 딱히 심한 취급을 받은 게 아니니까. 내가 학교에 있는 사이에 돌아와서 수면과 용건을 마치고, 내가 돌아올 무렵에 또 출근한다. —그런 식으로 루틴이 돌았을 뿐이야."

"사이가 아주 좋아 보였는데."

"모녀니까. 오늘은 오랜만에 함께 쇼핑도 해서, 꽤 즐거웠어."

그렇게 말하는 그녀의 목소리는 억양이 빈약하고, 표정도 무에 가까웠다.

그녀의 이야기를 듣고 있으면 너무나도 어른스럽고 드라이한 분위기를 두르고 있는 이유를 어쩐지 모르게 알 수 있을 것 같았다. 쓸쓸한 기색이 전혀 없는 것은, 고독에 익숙하기 때문일 것이다.

애당초 부모가 이혼했다지만 벌써 고등학생이다. 나 자신도 그렇지만, 부모와 만나지 못한다고 뭐가 어찌되는 나이도 아니었다.

그런 것보다도— 친구인지 남자친구와 대화하는 건지는 모르지만, 스마트폰으로 하던 것을 방해해 버렸군.

미안한 마음이 솟아올라서, 나는 당장이라도 내 방에 틀어박히고 싶어졌다.

"목욕하고 잘 생각인데."

"먼저 해. 나는 둘 다 마지막이면 돼. 언제나 밤늦게 자니까."

"그래. 알았어."

순순히 그녀의 말에 따라 내 방으로 들어가서 입욕 준비를 하면서도, 나는 아야세 양이 한 말에 담긴 의미에 대해 생각했다.

목욕은 마지막이 좋다.

수면도 마지막이 좋다.

그야 같은 나이의 남자, 그것도 거의 처음 보는 인간과 살게 된 첫날이니까 당연하다. 자기가 목욕한 물을 내가 쓰는 것도 싫을 거고, 자기 침실이 있다고 하지만 먼저 잠들어 무방비한 모습을 드러내고 싶지도 않겠지.

그렇다면 내 존재 탓에 그녀가 밤늦게 깨어 있다는 가능성도 있다.

─되도록 빨리 마치자.

그렇게 결심한 나는 평소에 30분은 걸리는 목욕을 10분 만에 마치고, 나머지 20분 동안 물을 버려 욕조를 비우고 청소한 뒤 다시 목욕물을 받았다.

능숙한 대응의 해답은 아직 잘 모르겠지만, 지금은 내 머리로 생각할 수 있는 최대한으로 이성에 대한 배려를 할 생각이었다.

─여담이지만.

한 지붕 아래서 같은 나이의 여자애와 처음으로 하룻밤을 지낸다는 상황에서, 소년지의 러브코미디에 흔히 나오는 가슴이 뛰는 장면은 유감이지만 찾아오지 않았다. 현실에서 의붓 여동생과 생활하는 것이 2차원과는 전혀 다르다는 것은 도입부에서도 이야기했다.

그렇지만 이성의 존재를 전혀 의식하지 않고 잠든 것은 오로지 내가 의식을 놓기 전까지, 아야세 양이 한 번도 집이라고 방심한 모습을 보이지 않았기 때문일 것이다.

이튿날 아침, 내가 눈을 떴을 때는 이미 아야세 양이 몸가짐을 모두 완벽하게 정돈한 상태에서 거실에 있었다. 내가 가슴이 뛸 타이밍 따위 한 번도 주지 않았지만─.

"안녕? 잘 잤어?"

"덕분에."

"나도, 목욕 잘했어. 고마워."

─그 대화에서 드라이함뿐 아니라 아야세 양의 인간적 매력을 엿보게 되어, 2차원적이지는 않지만 이 관계가 조금 좋다고 솔직하게 생각해 버렸다.

●6월 8일 (월요일)

그날 아침엔 당연하게도 아야세 양과 함께 등교한다는 이벤트 따위는 발생하지 않았다.

스이세이에 다니는 동급생이라는 걸 알고서, 어쩌면? 하고 생각했지만 역시나 아야세 양이다. 이상한 소문이 돌면 안 되니까 당분간은 남인 걸로 하자며 드라이하게 제안해 왔다. 아무리 생각해도 백번 옳았다.

아버지나 아키코 씨도 그 점은 신경을 쓴 모양인지, 나랑 아야세 양의 주변 환경이 변화하지 않고 넘어갈 수 있도록 일단 성이 다른 상태 그대로 두었다.

성이 바뀌면 주위에서 묘하게 캐묻는 일이 생길 수도 있을 거고, 수속 따위가 귀찮을 것 같았으니 이 배려는 상당히 기뻤다.

그리하여 나와 아야세 양은 시간을 두고 집을 나서서, 따로따로 학교에 갔다.

도립 스이세이 고교.

이 세상은 경쟁사회다. 가혹한 경쟁에서 살아남으려면 문무를 가리지 않고 뛰어난 결과를 남겨야 한다.

그것이, 내가 다니는 이 학교가 내세운 교훈이었다.

노력보다도 결과를 중시하는 교풍이다. 뒤집어서 말하

면, 시험 점수나 부활동의 성적만 좋으면 아르바이트를 하든 수업을 쉬든 탓하지 않는다. 속박이 적은 그 자유로운 교풍에 이끌려 나는 이 학교에 수험을 쳤다.

명문이지만 딱히 진학하고 싶은 대학이 있다거나, 높은 목표가 있다거나 그런 건 아니었다.

다만 좋은 대학에 가고 싶다는 생각은 했다.

하지만 그것도 뜻을 품은 전향적인 자세에서 온 생각은 전혀 아니다. 오히려 내 인생은 귀찮은 일에서 하염없이 도망치기만 해왔다.

초등학생 무렵, 학원에 다니라는 말을 들은 적이 있다.

당시는 아직 아버지가 이혼하기 전이었다. 내 어머니였던 사람은 나를 아버지보다도 뛰어나며 사회적으로 영향력 있는 인간으로 키우고자 기를 쓰던 사람이라, 그 일환으로 도내에서 유명한 학원에 보내려고 했다.

―체험 입학[3]에서 좌절했다.

다른 학교의 모르는 애들 사이에 섞여서 공부를 하는 것이 놀라울 정도로 고통이었다. 구역질까지 올라왔다. 그때 나는 인생에서 처음으로 자신이 소통장애에 속한 인간이라는 걸 자각했다.

그때 내가 한 행동은 독학으로 죽을 만큼 공부를 해대

---

[3] **체험 입학** 학교에 입학하기 전에 실제로 입학하면 어떤 느낌인지 체험해보는 것을 말한다. 단순 견학과는 달리, 직접 수업을 받아보는 등 재학생과 거의 동일한 체험을 하며 입학 유무를 결정한다.

서, 눈에 보일 정도로 성적을 올렸다. 명문 학교에 다니게 된 지금은 학년 전체의 위에서 중간쯤 되는 위치지만, 중학교 무렵에는 톱클래스의 성적이었다.

더 높은 곳을 노리는 건 아니었다. 그저 하염없이 학원에 다니기 싫다는 도피의 감정 탓이었다. 학원에 다니라는 압력에서 도망치기 위해 전력으로 뒷걸음치는 노력이다.

요령 좋게 학교의 성적을 유지하면서 아르바이트도 조금씩 하고 있는 것도 마찬가지다. 아버지가 내 장래를 걱정하는 것이 귀찮다는 이유로 자립하는 모습을 보이는 것에 지나지 않았다.

그래서 나는 진심으로, 높은 뜻을 품은 긍정적인 노력가를 존경해마지 않는다.

절친인 마루 토모카즈는, 그야말로 그런 타입의 남자였다.

"오, 아사무라. 안녕?"

"마루냐? 아침 연습 하고 왔어?"

아침의 교실이었다.

조례 개시 10분 전에 교실로 들어온 마루가, 내 바로 앞자리에 털썩 앉았다.

지적인 안경, 와일드하게 깎아낸 머리칼, 살집이 두툼한 몸통. 체적이 크기 때문에 언뜻 보이는 인상에 뚱보라고 불리는 일도 많지만, 그 표현은 옳지 못하다. 그 덩치를 뒤덮은 것이 지방 덩어리가 아니라 대부분 근육이라고 들었을 때는 나도 놀랐다. 나중에 알았는데, 스모 선수의 육체도 같은 원리로 거의 근육으로 구성되어 있다고 한다. 사람은 겉으로 봐서는 알 수 없는 법이다.

"어리석은 질문이군. 아침 연습 없었던 날이 있었냐?"

뚱한 표정으로 말했다.

마루는 야구부에 소속되어 있었다. 포지션은 겉으로 보이는 것처럼 포수.

그는 열심히 부 활동에 힘쓰고 있지만, 그것과는 별개로 연습에 찌들어 있는 나날에는 불평이 있는 모양이다.

"야구부와 블랙 기업은 비슷하네."

"조기 출근에 잔업은 당연. 조직 내 폭력, 경쟁, 질투. 연공서열에 눈곱만큼의 실력주의. 이 시점에서 콜드 게임으로 승리다."

"진 게 아니고?"

"날카로운걸. 어지간히 좋아하는 게 아닌 바에야 야구부에 들어온 시점에서 진 거지. 일단 들어오고 나면 피로한 감각이 꽤 마음 편하기도 한데…… 뭐, 다른 사람이 이해할 거라고 생각은 안 해."

"후우, 나는 평생 무리야."

마루는 쓰고 있던 안경을 벗더니 가방에서 케이스를 꺼냈다. 케이스 속에서 또 하나의 다른 안경을 꺼내더니, 쓰던 것과 교환하여 착용하였다.

운동용과 공부용. 때와 장소에 따라 RPG의 장비처럼 가려서 쓰는 거라고 했다. 연습 중에 파손된 일이 있었는데, 그 이후로 다수의 안경을 상비하게 됐다고 한다.

"그러고 보니, 새로운 생활은 어때?"

마루가 갑자기 말을 꺼냈다.

아버지가 재혼하고, 새로운 가족이 생겼다는 이야기를 이 절친에게는 했었다.

솔직히 학교에 친구가 거의 없다.

학원에 다니는 것을 고통으로 느낄 만큼 초면인 사람과 커뮤니케이션이 어려우니까.

그렇지만 이 마루 토모카즈는 입학한 이래 계속 자리가 가까웠고, 만화나 애니메이션의 취향이 맞는다는 이유로 대화를 하는 일이 많았다. 그래서 깨닫고 보니 친구가 되어 있었다. 운동부인데도 오타쿠냐고 생각할지도 모르지만, 인과관계가 반대다. 인기 야구 만화에 영향을 받아 야구를 시작했으니, 다시 말해 이 녀석은 음침한 운동부가 아니라 액티브한 오타쿠였다.

애니메이션에 영향을 받아 체육관에 다니거나, 캠핑에 빠지는 타입의 오타쿠였다.

그래서 당연히, 새로운 가족이 생긴다는 토픽을 이야기하는 건 정해져 있었다.

"어떤, 거려나⋯⋯. 한 마디로 말하면, 생각했던 것과 다르다고 할까."

"여동생이 생겼잖아? 이 오빠 녀석아."

"매도하는 것처럼 말하지 마. ……으음, 여동생이라고 해도 말이지."

"친 여동생이 아니면 흥분 못하는 거냐?"

"친 여동생이든 의붓 여동생이든 그런 대상으로 안 보거든."

그리고, 나는 아야세 양의 얼굴을 떠올리면서 보충했다.

"여동생이라기보다, 『여자』란 느낌이고."

"야한 표현인데."

"그것 말고 표현할 말이 없다고. 솔직히 어떻게 대해야 할지 모르겠어."

"허어. 그렇군. 『여자』라. 하긴, 요즘 초등학생은 조숙하다고 하니까."

"초등학생? 뭔 얘기야?"

"여동생 얘기잖아?"

무슨 말을 하고 있어? 마루가 그렇게 말하듯 눈을 깜박였다.

무슨 말을 하고 있어? 이건 내가 할 말이었다.

……잠깐 기다려봐. 그랬지. 나는 새로운 여동생이 생긴다는 얘기를 듣고, 멋대로 나이 차이가 있는 초등학생이나 중학생 정도의 여자애가 집에 온다고 착각했다. 아버지가 보여준 아야세 양의 어린 시절 사진에 아무런 위화감을 느

끼지 않은 것도 그 탓이다.

마루가 같은 착각을 해도 이상하지 않다.

"아니, 애당초 말이지. 여동생은—."

우뚝, 목소리가 멎었다.

여동생은 초등학생이 아니라 고등학생이었어. 그것도 같은 학교의 같은 학년. 어느 반인지는 모르지만 미인 여자애— 이렇게 말을 한다면 괜한 호기심을 자극하고, 괜한 의혹을 사는 수가 있다.

절친인 마루라면 믿고 말해도 되지 않을까 생각했지만, 아야세 양과 한 약속을 어길 수는 없었다.

신용이 제일. 나는 입이 무거운 남자다.

"여동생은, 뭔데?"

"여동생은…… 아~, 상상한 거랑 달랐어. 2차원에 있는 타입하고는 전혀 달라."

"그야 그렇겠지. 드디어 현실과 2차원의 구별을 못하게 됐냐?"

"드디어, 라고 하면 전부터 그런 낌새가 있었던 것 같으니까 좀 관두지?"

"사실이잖아."

"사실이라면 무슨 말을 해도 되는 건 아니라고 생각하거든."

"뭐, 그게 내 특색이라고 생각하지만."

잘 알고 있다.

마루는 그럭저럭 1년 이상 친하게 지낸 사이라, 칼날처럼 날카로운 혀를 가차 없이 휘두른다는 것도 잘 이해하고 있었다.

"어쨌든 들뜬 기분은 제로야. 오히려 마음고생이라고 할까? 어떤 느낌으로 접해야 할지, 거리감이 어려워."

"그렇겠지."

"그런데 이건 완전히 다른 얘긴데— 아야세 사키란 학생에 대해서 알고 있어?"

"응? 모르는 건 아니지만, 갑자기 왜?"

내 시점에서는 연장선상의 화제라는 걸 알 리 없는 마루가, 두꺼운 눈썹을 찌푸렸다.

운동부의 정보망은 넓다.

여자— 그것도 아야세 양 정도의 미인이라면 화제가 되어도 이상하지 않다. 나는 그런 이야기에 흥미가 없어서 소문을 들은 적도 없었지만, 전에 마루가 알고 싶지도 않은 여자의 소문을 너무 자주 들어서 지긋지긋하다고 불평하는 걸 들은 적이 있다.

"그런데, 아야세라. 흐으음…… 왜 하필이면 아야세야?"

"아니 뭐. 어쩐지 모르게 말이지? 상당히 미인이잖아."

"관둬."

"어?"

"친구로서 말하는데, 도무지 추천할 수 없다."

"기다려. 뭔 소리야?"

"남의 연애에 왈가왈부하는 건 못난 일일지도 모르지만……."

"연애상담을 한 기억은 없는데."

어째서인지 그렇게 단정하고 이야기를 진행하려는 마루를 나는 황급히 막았다.

"아니냐? 분명히 아야세에게 반한 거라고 생각했는데."

"연애 같은 게 가능할 리 없잖아. 아야세 양이라니. 그런 미인이랑 나 같은 남자가 어울릴 거란 생각이 요만큼도 안 들어."

예쁜 금발을 휘날리는 미형 갸루와, 오늘 아침 거울 속에서 본 자신의 변변찮은 얼굴을 머릿속으로 비교해본 나는 메마른 한숨을 쉬었다.

그러자 마루는 무슨 말을 하는 거냐고 말하는 것처럼 의문 가득찬 눈동자로 이쪽을 보면서, 천천히 고개를 흔들었다.

"아니, 반대다. 아야세랑 사귀면 네 가치가 떨어져."

"……하하. 개그냐? 웃기네."

"개그가 아니고."

"그럼 뭔데? 그런 미인이잖아. 나를 과대평가하는 것도 정도가 있지."

"미인은 미인인데 말이지. ……뭐, 여러모로 안 좋은 소문이 있어. 아야세한테는."

어금니는커녕, 치아 사이사이마다 하고픈 말의 찌꺼기가 끼어 있는 말투였다.

"잘 알지 못하는 남의 험담을 하는 건 마음에 걸리지만, 절친이 그 녀석에게 반했을지도 모른다면 다르지. 모르는 게 약이라고도 하지만, 알려주지 않는 건 악마지."

"그 소문에 대해서, 자세히 알려줄래?"

반했다는 건 오해지만, 그것을 정정하면 의붓 여동생이라고 설명을 해야 하게 된다. 그쪽으로 물고 늘어지면 귀찮아지니까, 이번에는 착각한 그대로도 좋다고 생각하여 단념했다.

마루는 주위를 둘러보더니 슬쩍 나한테 다가와, 진지한 표정으로 목소리를 죽였다.

"아야세. 하고 있다고 하더라. ─『매춘』."

"……뭐?"

"금발, 피어스, 언제나 기분 틀어진 표정으로 주위와 거리를 두고 있지. 입시명문인 우리 학교치고는 이단 중의 이단인 불량 갸루. 반에서 붕 떠 있는 존재라더군. 시부야의 번화가나, 호텔가 쪽에서 나오는 걸 봤다는 목격 증언도 있어."

"흐응. 그런 소문이 있구나."

부정도 긍정도 안 하고, 나는 평탄하게 맞장구를 쳤다.

분명히 그녀의 겉모습은 그런 전형적인 상상력을 자극해

도 이상하지 않다.

몇 번인가 아야세 양과 대화를 해본 인상은 그런 짓을 하는 타입으로 생각되지 않았지만, 무조건 신용해 버릴 정도로 그녀를 알지는 못했다.

"하지만, 마루가 목격 증언만으로 믿다니 희한하네. 소문을 의심부터 하는 편이잖아"

"야구부에서 아야세한테 고백한 녀석이 있거든."

"엥? 두려움의 대상이라더니?"

"나쁜 소문이 돌지만, 미인은 미인이니까 인기가 있어. 나는 이해 못하겠지만."

"그렇구나."

"그래서, 그 녀석이 본인한테 들었다더라."

"……뭐랬는데?"

"『나, 나쁜 소문 그대로의 여자니까 누구랑 사귈 생각 없어.』라고 했댄다."

살짝 여자 목소리를 흉내 내며 말하는 마루.

장난치는 것처럼 말을 하고 있지만, 아야세 양에 대한 마루의 인상이 좋지 않은 것도 분명했다.

"그 부원이 이야기를 과장했을 가능성은?"

"100%라고 잘라 말할 수는 없지만, 아마 아니야. 그리고 증언이 하나가 아니거든. 다른 부에서도 비슷한 이야기가 자주 들려."

"하나하나는 주관이라도 수가 많으면 객관이란 말이지."

"그렇게 되지."

말이 언제나 진실을 논한다고 할 수는 없지만, 적어도 고백을 받은 아야세 양이 그렇게 대답한 것은 확실한 거겠지.

"으으~음…… 판도라."

……의 상자를 열어버린 기분이군.

일단 상대를 알아야 한다. 『남녀의 과학』에도 적혀 있었으니 더 좋은 거리감을 재기 위해서라도 아야세 양의 정보를 알고 싶었지만, 오히려 점점 더 고민이 늘어난 기분이었다.

소문은 정말인가?

정말이라면, 아키코 씨나 아버지는 알고 있나?

몰랐다면, 가족으로서 문제를 보고해야 하나?

……아니, 그건 아니군.

증거도, 뒷받침이 되는 것도 없는데 고자질을 하는 건 내 취향이 아니다.

애당초 정말이라 할지라도 나는 남의 행위에 왈가왈부하고 싶다는 생각은 안 한다. 설령 원조 교제를 하고 있다고 해도 본인들끼리 수요와 공급이 일치한다면 마음대로 하면 된다고 생각하며, 어차피 나랑 상관없는 인간이 뭘 하든 아무래도 좋다.

아야세 양과 가족이 되어 버렸기 때문에 성가신 면이 있긴 하지만, 설령 소문이 정말이라고 해도 그녀를 탓할 생각은 없었다.

그저 순수하게, 그녀가 그렇게 해야 하는 어떤 이유가 있다면 슬프다는 생각은 한다.

"그래서 아사무라. 네 카드는?"

"……무슨 소린데?"

"나는 내 카드를 냈잖아. 너도 내야지. 왜 갑자기 아야세 얘기를 꺼냈는데?"

"아~. 응, 네가 상상한 그대로라고 해도 돼."

"뭐야? 건성이네. 뭔데 대체? 신경 쓰이잖아."

"말을 안 하는 게 아니라 못하는 거야. 부탁이니 이걸로 눈치채 줘."

"오타쿠가 좋아하는 만화에 나온 말을 인용하는 정도로 발뺌할 수 있을 거라 생각하지 마라, 응? ……정말이지, 기껏 정보를 줬더니, 친구하는 보람이 없는 놈."

중얼중얼 불평을 하면서도, 마루는 그 이상 파고들지 않았다.

이렇게 깔끔하게 물러서는 점이 마루 토모카즈란 남자의 장점이다.

책상에 앉아 1교시 수업 준비를 시작하는 마루의 뒤통수를 바라보면서, 나는 창문 방향으로 눈길을 주었다.

턱을 괴고 지루한 기색이 드러난 내 표정이 창에 비치는 것을 보며, 나는 아야세 양과 연관된 소문을 멍하니 생각했다.

그녀와 같은 반이 아니라서 다행이라 생각했다.

만약 지금 언제라도 그녀의 얼굴을 볼 수 있는 환경이었다면, 이 안개 낀 마음을 벗어날 수 없었을 것이다.

집으로 돌아가면 어차피 느끼게 될 감정이지만, 그걸 알면서도 1분이라도 길게 미루고 싶은 것이 사람 마음이었다.

—미루고 싶다고 생각한 그때는, 뜻밖에도 금방 찾아왔다.

구체적으로는 두 시간 뒤.

운명은 무정하다.

매주 월요일 3교시는 체육 수업이 있었다.

게다가 계절의 타이밍도 안 좋았다.

이 시기의 스이세이 고교는 구기 대회를 앞두고 있어서, 연습 시합을 위해 학년 전체에서 두 반씩 체육 시간을 함께 하게 되어 있었다.

그리고 그 합동 수업의 시작이 마침 오늘부터였다.

"자자, 간다앗~! 비기 · 대천공 서브! 으리야아아아아앗!"

교내의 테니스 코트.

두껍게 낀 잿빛 구름 아래, 천진난만한 목소리가 만화에서 볼 법한 필살기를 외쳤다.

목소리의 주인은 라켓을 휘두르는 체육복 차림의 여학생.

빨갛게 물든 밝은 머리칼. 조그만 몸. 쫄래쫄래 움직이는 모습은 붉은 털의 햄스터 같았다.

다른 반 여자애라지만, 그녀의 이름은 나도 알고 있었다.

나라사카 마아야.

좋게 말하면 활기차고, 나쁘게 말하면 시끄럽다는 소문의 반장.

에너지 드링크를 머리끝부터 뒤집어 쓴 것 같은 끝없는 명랑함과, 오사카 아줌마 급으로 남을 챙기는 기질. 그리고 호감이 가는 귀여운 생김새라 그런지, 학교 전체에 친구가 있다고 하는 인싸 중의 인싸. 리얼충 of 리얼충.

우리 반에도 당연히 나라사카 양의 친구 네트워크가 존재하며, 상당히 자주 잡담을 하러 왔기에 아무리 교내 소문에 둔감한 나라도 인식할 수 있었다.

그런 나라사카 마아야가 쳐올린 테니스볼은 드높은 구름 사이로 빨려 들어가 대전 상대, 갤러리, 이 자리의 모든 사람이 그 행방을 놓쳐 버렸다. 구름을 가르고 미사일처럼 착탄되는 순간을 기다리면서 모두가 숨을 삼켰다.

1초—. 2초—. 3초—.

"잠깐, 어디로 치는 거야. 이상한 데로 날아가 버렸잖아?!"

너무나도 훌륭한 장외 홈런에 나라사카 양을 상대하고 있던 여학생이 비명처럼 외쳤다.

"앗핫하~, 미안미안!"

"정말! 왜 그렇게 엉망진창으로 치는 거야?"

"그게 더 멋있으니까! 반짝."

"반짝, 이 아니야! 이 녀석~. 에잇에잇에잇!"

"싫어~! 정수리 그만 눌러~."

가벼운 기색으로 웃는 나라사카 양에게 헤드록을 걸고, 주먹으로 정수리 부분을 주먹으로 눌러대는 여자애.

귀여운 외모의 여자들이 저런 식으로 장난을 치는 모습은 참으로 그림이다.

실제로 우리 반 남자들 대부분도, 그녀들의 대화에 눈길을 빼앗기고 있었다.

하지만 나는 달랐다.

미소녀들의 꽃밭 풍경에는 눈길도 주지 않고, 내 시선이 향하고 있는 것은 그저 한 점.

코트의 한구석, 눈에 안 띄는 장소에서 조용히 철망에 등을 기대고 있는 인물.

라켓조차 안 들고, 운동복 주머니에서 코드가 뻗은 이어폰을 귀에 끼우고, 멍하니 허공을 바라보면서 뭔가를 듣고 있는— 아야세 양이다.

너무나도 당당한 땡땡이 모습. 그 태도에 일체 켕기는 기색이 없는 탓인지, 그녀의 모습은 처음부터 그러고 있는 것이 당연하다는 것처럼 자연스럽게 녹아들어 있었다.

누구 한 사람 위화감을 느끼지 않는 걸까? 주변 학생들도, 감시 역할인 체육교사들마저 주의를 주러 갈 낌새를 보이지 않는다.

반에서 붕 떠 있는 원조 교제 불량 여고생. 이 풍경을 잘라내면 그런 타이틀의 그림이 된다.

즐거운 기색으로 이야기를 하면서 공을 치는 학생들. 그 화사한 분위기 가운데, 빛바랜 존재감을 살려서 몰래 아야세 양에게 다가갔다.

철망에 등을 기대고 앉아, 나무 그늘에서 휴식하는 척하면서 나는 자연스럽게 말을 걸었다.

"땡땡이?"

아야세 양은 의문스럽게 이어폰을 빼고 이쪽을 보더니, 커다란 눈을 가볍게 떴다.

"깜짝이야. 왜 평범하게 말을 걸어?"

"아는 얼굴이 땡땡이치면 신경 쓰이잖아."

"흐응~. 오빠로서 여동생에게 설교를 하고 싶다?"

"그런 말은 안 하지. 설교할 수 있을 정도로 훌륭한 인간인 것도 아니고. 그저 아야세 양도 테니스 골랐구나 싶어서."

"마아야가 권해서 말이야. 같은 경기로 하자고. 물론 이유는 그것만 있는 게 아니지만."

"마아야라면, 나라사카 양 말이지? 사이좋구나?"

코트 쪽으로 눈길을 돌렸다.

여학생들과 즐겁게 이야기를 하면서 볼을 따라가는 붉은

머리 여자애. 상당히 눈에 띈다.

"좋아. 애당초, 마아야랑 사이 나쁜 여자애는 없을걸."

"말 그대로 친구 100명이라. 굉장하네."

한 반에 여자애가 스무 명. 여덟 반 있으니까 얼추 한 학년이 160명. 터무니없는 숫자였다.

"마아야도, 정말로 마음을 터놓을 수 있는 친구란 의미에서는 그렇게 많지는 않을 거야. 친구가 아니라도 사이가 좋으니까 인싸란 인상."

"아~, 감이 딱 오네."

묘하게 납득이 된다.

"아사무라 군은, 어째서 테니스로 했어?"

"음, 꼭 말을 해야 할까? 칭찬 받을만한 게 아닌데."

"괜찮아. 나도 또 하나의 이유는 한심한 거니까."

뭐가 괜찮은 걸까? 창피함에 창피함으로 맞서면 상쇄되는 카드 게임이 아니거든.

표정의 변화는 없지만 빤히 내 얼굴을 바라보며 재촉하는 아야세 양의 시선에 체념하고, 나는 순순히 테니스를 고른 동기를 말했다.

"본선에서, 단체전이 없으니까."

마루가 참가하고 있는 소프트볼이나 농구, 축구 등은 완전한 팀전이다.

테니스만 팀전도 복식경기도 없고, 완전히 싱글 토너먼

트만 있었다. 게임이 잘 풀려서 같은 반 동료가 이겨서 올라가면, 언젠가 같은 반끼리 대결이 실현되는 일도 있는 구조다.

"단체전은 절대 싫었단 말이지. 그래서 테니스로 했어."

이 말을 듣고 무슨 생각을 하는 거냐고 태클을 걸 수 있는 사람이 있다면, 그 사람은 분명 행복한 사람이다.

남에게 기대를 하는 것도, 기대를 받는 것도 거북하다. 내 실수로 팀에게 폐를 끼칠지도 모른다고 생각하기만 해도 귀찮아 죽겠다.

그 귀찮은 생각에 고민하지 않고 살아갈 수 있다면, 인생의 80% 정도는 득을 본 거다.

"헤에…… 정말 마음이 맞네."

그러니까 내 말에 공감해버린다는 것은, 자신이 음침 속성이라고 고백하는 것과 마찬가지다.

"아야세 양도?"

"응. 뭐, 직접적인 계기는 마아야가 제안을 한 거지만. 애당초 팀전은 하고 싶지 않았어. 아사무라 군도 어렴풋이 짐작을 할 거라고 생각하지만, 나, 다른 애들이랑 거리를 두고 있으니까."

아야세 양이 드라이하게 말하니, 슬픈 내용인데도 전혀 쓸쓸함이 느껴지지 않았다.

명백하게 스마트폰으로 음악을 들으며 땡땡이치고 있는

그녀를 탓하는 학생이 아무도 없고, 마치 이 주위의 공간만 평행세계로 잘려나간 게 아닐까 착각하게 만든다.

혹시 그녀의 모습이 반투명하게 비치고 있는 건 아닐까? 그런 의심조차 들어 눈에 힘을 주고 그녀의 모습을 보았지만, 몸의 윤곽은 확실하고 세련된 화장품 냄새도 풍겼다. 숨 막힐 정도의 존재감에 조금 얼굴이 뜨거워지는 것을 자각하고, 시선을 삭 돌렸다.

"혹시, 교실에서 좀 붕 떠있는 편이야?"

"뜻밖이야?"

"잘 꾸미고 다니는 여자애는 교실의 중심에 있다는 이미지였어."

"일반적으로는 그렇지."

나는 아니야. 그런 의미를 품은 말이었다.

나쁜 소문이 있다는 것은 분명 정말일 것이다. 소문의 내용이 정말인지 아닌지는 제쳐두고, 학교의 많은 사람이 아야세 양에 대한 소문을 믿고 있었다.

"하지만, 지금의 입장은 나쁘지 않아. ……구기 대회 같은 건 진심으로 아무래도 좋으니까. 시간 낭비 같아. 나한테 상관하지 않는다면, 그만큼 나를 위해 시간을 쓸 수 있어."

"음악 듣는 시간?"

"어? ……아~. 그렇지 뭐."

아야세 양이 조금 어색하게 말하고, 살짝 눈길을 피했다.

뭔가 숨기고 있다. 명백하게 그런 반응이었지만, 더 이상 성큼성큼 파고드는 것은 실례가 될 거라고 생각해서 나는 입을 다물었다.

말할 수 있는 내용이라면 본인이 말하고 싶을 때 멋대로 말한다. 그럴 타이밍이 아닌데 들으려고 하는 것은 그냥 괜한 참견이고, 내가 제일 싫어하는 종류의 인간이 하는 짓이다.

"이번에야말로 점수 딴다! 필살! 초천공 서브!"

"아까랑 기술 이름 다르잖아. 웃겨!"

나라사카 양과 그 친구의 들뜬 목소리가 또 들렸다. 여자애들 목소리는 정말로 크군.

문득 신경 쓰여서, 아야세 양을 보았다.

"나라사카 양이랑 연습 안 해? 평범하게 생각하면 테니스를 권했다는 건 함께 플레이를 하고 싶어서라고 생각하는데."

"안 해."

"설마했던 즉답이라니."

"내가 바라지 않으니까. 마아야는 이렇게 땡땡이치리라는 것도 다 알고서 나한테 권한 거야. ……그런 유연함도 인기의 비결이겠지."

그렇게 말했을 때, 아야세 양의 목소리에서 평소의 딱딱함이 살짝 벗겨진 것 같은 느낌이 들었다.

겉모습. 땡땡이. 본인의 말.

그 모든 것이 그녀의 소문이 진짜라고 말하고 있는데, 그녀의 내면에서 스며 나오는 분위기는 그런 바깥쪽의 정보를 모두 지워 버린다.

아야세 사키라는 인간의 본질은, 대체 어디 있는 것일까?

그 해답에 도달하기에는, 나는 아직 그녀를 너무나 몰랐다.

학교 끝나고 귀가하자 마침 아키코 씨가 집에서 나오는 참이었다.

"어머, 유우타."

"아…… 다녀왔습니다."

"어서 와~. 저녁은 만들어뒀어~."

"고맙습니다. ……하지만, 괜찮아요? 지금부터 일하러 가시잖아요?"

"그렇단 말이지이. 이제 막 이사를 해서, 진짜 어수선해~."

볼에 손을 대고서 나긋하게 말하는 새어머니.

어깨를 고상하게 노출한, 고급스러운 옷. 현기증이 날 정도로 농후한 향수 냄새. 어른의 매력을 듬뿍 머금은 그 모습은 매혹의 인분을 뿌리는 나비 같았다.

이제부터 밤거리에서 날아오른다고 하면 평범하게 납득할 수 있다.

"아버지도 언제나 바빠서, 밤에는 혼자서 적당히 먹는

일이 많았어요. 만드는 게 힘들면 무리는 안 하셔도 돼요."

"나도 사키랑 둘이었을 때는 그런 날이 대부분이었는데 말이지~. 이제 막 동거를 시작했으니까, 아무래도 좀 그렇지~."

"무리하다가 쓰러지기라도 하는 게 곤란하죠. 정말로 무리는 하지 마세요."

"응. 아마 내일부터는 그 말에 어리광을 부릴지도 몰라. ……사키도 요리할 수 있으니까, 당번제로 해도 되겠네~."

자연스럽게 나온 말에 움찔 귀가 움직였다.

아야세 양이 요리하는 모습을 뇌리에 떠올리고, 그다지 어울리는 광경이 아니라고 직감적으로 생각해 버렸다.

그리고 금발 피어스 여고생의 모습을 떠올리자, 그녀의 나쁜 소문에 대해서도 떠올려 버렸다.

그 탓인지, 가슴 속에 생긴 의문이 입에서 자연스럽게 흘러나왔다.

"참고로 직장은 어디인가요?"

"시부야의 번화가 쪽이야~."

"……어떤 가게인가요?"

"아, 이상한 상상했지. 에이~."

조금 캐보려는 내 말에, 어린애처럼 볼을 부풀리면서 응답하는 아키코 씨.

정곡이었다. 태도에 드러낼 생각은 없었는데, 어른의 통찰력은 얼버무릴 수가 없구나.

"일반적인 바야. 야한 서비스 같은 것도 안하고. 애당초 손님은 카운터 너머에서 맞이하는걸."

"접객 담당이 아니셨네요?"

"어떤 의미로 접객도 겸하고 있네. 나는 **바텐더**야~."

아키코 씨는 쉐이커를 흔드는 동작을 보였다. 물 흐르듯 깔끔한 동작은 초보자가 보아도 명백하게 완성도가 높았다.

거짓말은 아닌가 보다.

"오해를 해서 죄송해요. 저는 분명히……."

"밤의 가게라고 하면, 그쪽 방면의 접객업이라고 오해해도 어쩔 수 없지~. 그런 전형적인 모습으로 보는 건 당연하고, 무엇보다 유우타는 아직 학생인걸. 밤거리에 어떤 종류의 가게가 있는지 엄청 자세하게 알았으면 그건 그거대로 문제잖아."

"그것도 그렇네요."

생각해 보면 그 아버지가 걸즈 바나 카바레 클럽의 여성을 꼬실 수 있을 리 없었다.

수수하고, 평범하고, 소박하며, 견실하다.

도저히 화려한 밤의 세계를 화려하게 놀러 다니는 타입은 아니다.

철이 들었을 때부터 10년 이상 그 등을 지켜본 내가 말하는 거니까 틀림없다.

"어머나, 이제 그만 가야겠네. 유우타, 사키를 잘 부탁해."

"앗, 네. 다녀오세요."

바이바이~ 하며 손을 흔든 뒤, 아키코 씨는 서둘러서 맨션 복도를 달려갔다.

그 모습은 마치 밤거리에 날아가는 나비?

NO. 공원 잔디에서 발을 구르는 치와와에 가까웠다.

겉모습이나 직업에서 상상하게 되는 일반론적인 인상과 얼마나 동떨어진 것인지, 눈에 훤히 보였다.

엘리베이터 쪽으로 사라지는 아키코 씨를 배웅하고, 나는 문을 열었다…….

우리 집. 내 방 안.

본래는 긴장을 풀 수 있는 장소일 텐데, 이상하게 진정이 안 된다. 문 하나로 구분된 벽 너머가 타인의 영역이 됐기 때문이리라.

복도도 거실도 세면장도, 이미 나와 아버지만 쓰는 공간이 아니다.

그 사실을 의식하는 것도 매너 위반인 것 같아서, 나는 책상 위에 펼쳐둔 참고서를 뚫어져라 보았다.

공부에 집중하다 보니 어느덧 1시간 이상 지나있었다.

집중 상태인 나를 현실로 되돌린 것은, 현관문을 여닫는 소리였다.

그리고 뒤늦게 발소리가 들리고, 옆방에 들어가는 소리.

"어서 와."

내 인사에 대답은 없었다. 음량 부족으로 방의 벽에 막혀서 닿지 않았을 것이다.

인사를 받아준다고 해도 딱히 대화할 내용이 떠오르지 않는다며 자신을 납득시키고, 금방 책상에 다시 앉아 공부에 전념했다.

벽 너머에서 들리는 발소리와 바닥에 가방을 놓는 소리. 옷장을 열고 안의 컬러 박스에서 의복을 꺼내려는 소리…….

아차, 이럼 안 되지. 생활소음을 세세하게 의식하는 건 아무리 그래도 너무 기분 나쁜 행동이다.

머릿속에 생긴 마음의 소리를 참고서의 문자로 덧씌우고, 아야세 양의 기적이 사라지기를 기다렸다.

"아사무라 군, 들어가도 돼?"

그러나 아야세 양은 사라지긴커녕 내 방의 문을 노크하고 말을 걸었다.

"아……. 괜찮아."

한순간 실내 상태를 확인하고, 문제없다고 판단하여 대답했다.

"실례합니다."

"어. 으음, 무슨 일이야?"

"앗, 공부하고 있네. 노력가구나. 시험 기간도 아닐 텐데."

"뭐, 남들만큼은 하지."

딱히 언제나 공부만 하는 게 아니다. 평소에는 만화나 게임도 생활 루틴 속에 들어 있었다.

그러나 그것들은 기본적으로 방 한복판에서 늘어진 모습으로 하거나, 침대 위에서 하는 것이 습관이었다.

그것은 남이 보는 것을 의식하지 않으니까 나오는 모습이다. 얇은 벽 하나 뒤에 아야세 양이 있다고 생각하자, 좀처럼 할 생각이 안 들었다.

"좋은 대학 들어가고 싶은 거야?"

"나쁜 대학 들어가고 싶은 사람은 얼마 없다고 생각하는데."

"알바랑 공부, 같이 하고 있네."

"그거 신기한 일인가?"

딱히 맞물리지 않는 두 가지는 아닌 것 같은데.

"시간을 돈으로 바꾸는 게 아르바이트잖아. 공부도 시간을 들인 만큼 성과가 올라가. 그러니까 양립시키는 건 어렵겠지."

"생각을 어렵게 하네. 나는 그런 거 의식한 적이 없었어."

"흐응……. 저기, 있잖아."

뭔가 말하기 어려운 기색으로 눈길을 돌리고, 손가락으로 차분하지 못하게 머리카락 끝을 매만졌다.

조명 탓인지, 아니면 다른 이유인지, 그녀의 볼이 약간 빨갛다.

방금 나눈 짧은 대화에서도 충분히 알 수 있는 지성과 뜻밖에도 풋풋한 표정의 변화를 보고 있으면, 학교에서 도는 소문의 매춘도 하는 불량소녀 의혹은 무죄라는 생각이 든다.

몇 초 사이를 비우고 드디어 각오를 정했는지, 아야세 양이 눈에 힘을 주었다.

"단시간에 간단히 벌 수 있는 괜찮은 고액 알바, 아는 거 있어?"

"유죄잖아."

"뭐?"

"아, 아무것도 아냐……"

무심코 입에서 태클이 흘러나와 버렸다.

변명이 가능한 내용이라 다행이야. 몸 팔고 있잖아, 같은 소리를 했더라면 변명의 여지도 없이 아웃이었다.

"돈은 필요한데, 시간을 별로 쓰고 싶지가 않아서. 1시간이나 2시간 만에 재빨리 1만엔 이상 벌 수 있는 알바가 좋은데."

"평범한 일거리로는, 아마 없겠지."

나는 평정을 가장하며 대답했다.

철가면을 쓰고, 어떻게든 냉정함을 유지하고자 했다.

"그래. 역시 **파는** 수밖에 없나."

방어구를 간단히 관통하지 말아주시죠.

의남매라지만 여동생. 이제 막 가족이 된 여자애가, 대체 무슨 말을 하는 거야?

"돈을 벌고 싶으면 자신을 팔아라. 책에도 적혀 있었으니까."

대체 뭔 책이냐고.

고등학생이 읽을 법한 장소에 못 써먹을 책을 두지 말라고 좀. 물론, 알바를 하는 서점에도 코믹 에세이 코너에 망측한 내용이 있었던 것 같으니 너무 강하게 말할 수는 없지만.

"있잖아, 아야세 양. 너무 이런 걸 말하는 건 매너 위반일지도 모르지만 말이야."

"괜찮아. 말해봐. 나도 질문했으니까."

"좀 더 자신의 몸을 소중히 여기는 게 좋다고 생각하거든."

"거창하지 않아? 또래 애들 중에서도 하는 애들은 다 하는데."

"다른 사람은 상관없어. 중요한 건 자기 자신을 소중히 하는가 아닌가. 야."

"나는 나를 소중히 여기고 있어. 그러니까 돈을 잔뜩 벌어두고 싶어."

아저씨의 설교 같은 말을 하는 나에게, 아야세 양의 시선은 놀랄 정도로 진지했다.

원조 교제, 뒷계정.

언더그라운드에 파고드는 여자들은 다들 경박한 태도로 그런 행위를 하는 거라고 생각했다. 그렇지만 그녀의 뭔가 절박해 보이는 눈동자는, 뇌의 뿌리 부분에 있던 생각을 뽑아버릴 정도의 힘이 있었다.

그러나 아무리 각오를 하고 정했다고 해도, 안 되는 건 안 되는 거다.

생판 남이라면 모를까, 여동생이 된 여자라면 더욱 그렇다.

아까 현관에서 지나친 아키코 씨의, 딸을 신뢰하고 있는 부드러운 표정에 죄책감이 들기도 했다.

"그거 말이야. 아키코 씨 앞에서도 같은 말을 할 수 있어?"

"……할 수 있는데? 오히려 사키도 어른이 됐다고 기뻐할 거야."

"굉장한 교육 방침이네."

"아사무라 군은 달라? 아사무라 군이 그런 거 시작할 때, 새아버지는 기뻐하지 않았을까?"

"기뻐하면 엄청 문제거든. 분명히 아버지는 좀 변변찮은 사람이지만, 아들이 그러면 아무리 그래도 슬퍼할 거야. ……애당초, 어째서 내가 이미 하고 있다는 게 전제야?"

"어. 그치만 어제, 갔었잖아. ……아르바이트."

"……아르바이트."

"응. 아르바이트."

둘 사이에 기묘한 침묵이 흘렀다.

대체 어디서부터 어긋난 건지, 잘못 묶은 끈을 열심히 풀려고 기억을 거슬러 올라가는 동안 말없이 조용해진다.

　그러자 아야세 양도 드디어 뭔가 맞물리지 않는다는 것을 깨달았는지, 그 조금 길쭉한 눈을 좀 더 가늘게 뜨고 물었다.

　"무슨 이야기라고 생각했어?"

　"고액 불법 풍속점 같은 이야기."

　"……뭐?"

　인생에서 들은 것 중에서도 수위를 다툴 정도로 차가운 목소리였다.

　"아~, 그렇구나아. 내가 『매춘』을 말이지?"

　"정말로 미안! 진짜로!"

　그 뒤에 서로의 어긋난 인식을 수정하기 위해 간격 조정을 하고, 어쩐지 상황이 이해된 참에 배가 고파져서 식탁으로 이동했다.

　아키코 씨가 나가기 전에 준비해둔 야채볶음과 된장국에 튀김. 왕도적인 가정 요리를 다시 데워서 두 사람 분량의 저녁 식사로 그릇에 담았다.

　잘 먹겠습니다 인사를 하고, 서로 된장국을 한 모금씩 마시자 아야세 양이 불복하는 목소리를 내기에 이르렀다.

　오해의 내용이 너무나도 실례였기에 변명의 여지도 없

고, 나는 그저 양손을 마주치며 고개를 숙였다.

그 모습에 기가 막혔는지, 아야세 양은 깊은 한숨을 쉬었다.

"고개 들어도 돼. 소문이 난 것도 알고 있으니까. 이 모습으로는 그런 오해를 받는 일이 많아. 귀찮은 사람을 멀리할 때 소문을 편리하게 이용한 나도 잘못했고."

"아야세 양……."

허세를 부리는 분위기가 아니다.

그렇기에 그 담담한 말에, 그녀 자신이 노출된 편견과 소문의 저급함을 실감하지 않을 수 없었다.

그런데 신기하네.

그녀는 아무래도 자신의 패션이 엉뚱한 오해를 받을 가능성이 있다는 것을 객관적으로 이해하고 있는 모양이다. 그걸 알고 있으면서도 왜 그런 복장을 선택한 걸까?

내가 의문을 품은 것을 짐작했는지, 야채볶음을 집은 젓가락을 자신의 작은 입으로 옮기던 손을 멈추고 아야세 양이 말했다.

"신기하게 생각하는 것도 당연할 거야. 나 자신도 알면서, 왜 이런 차림을 하고 있는지."

"응, 뭐…… 다소, 신경 쓰이긴 하네."

"무장 모드."

"어?"

"무기도 없이 전쟁터에 나가는 사람은 없잖아? 나에게 이 모습은, 사회를 헤쳐나가기 위한 무장 그 자체야."

그렇게 말한 아야세 양은, 콕콕 손가락으로 귓가를 가리켰다.

세련된 피어스가 손가락 끝에서 반짝이며 빛났다.

제대로 된 기구를 사용해 뚫은 구멍에 낀 액세서리. 동년배의 갸루……뿐 아니라, 꾸미는데 흥미를 가지기 시작한 여자들 중에서도 용기를 가지고 발을 내디디는 자만 도달할 수 있는 영역.

중학교에서 같은 나이에게는 영웅시되고, 어른에게는 불량학생이라고 주의를 받는 세대 모순이 드러나는 일종의 통과 의례.

어른이 됨에 따라, 어쩐지 모르게 분위기에 따라 불평을 듣게 되는 의문의 윤리관으로 평가되는 행위.

고작해야 몇 밀리미터의 금속인데도 소녀에게 복잡한 정의를 내려 버리는 그것을 본 내 입에서 반사적으로 나온 말은,

"방어력이 올라가? 아니면 2회 공격이 가능하게 된다던가?"

"품……. 재미있는 말을 하네."

먹혔다.

단순히 생각의 속도가 따라잡지 못해서, 내 머릿속 가장 얕은 부분에 있는 게임이나 게임을 주제로 한 소설에서 주

운 말이 자연스럽게 나왔을 뿐인데 말이야.

"뭐, 그렇게 틀린 말은 아닐까? 공격력과 방어력 양쪽을 올리는 게 목적이니까."

"뒤숭숭하네. 판타지라면 모를까, 현실 세계는 이렇게 평화로운데."

"싸움은 있어. 보이지 않는 곳에서."

세계의 뒤편에서 일어나는 투쟁으로 이끄는 히로인 같은 말을 하는 아야세 양. 이대로 평범하기 짝이 없는 나는 남몰래 이루어지는 피로 피를 씻는 이능 배틀의 세계로 이끌려간다……. 뭐, 그럴 리는 없고 그저 고도의 수사적 표현이겠지. 그럭저럭 국어가 되는 나는 이해했다.

『사키 & 유우타에게. 데워서 사이좋게 먹어.』

그렇게 적힌 메모지가 붙은 야채볶음의 랩을 벗기고, 식탁 구석에 둔 그것을 아야세 양이 힐끔 보았다.

"혹시 오늘, 엄마 나갈 때 마주쳤어?"

"응. 학교에서 돌아왔을 때 때마침."

"일하러 가는 엄마, 엄청 예뻤지?"

"그야, 뭐, 응. 그렇네."

조금 머뭇거리며 대답해버린다. 어쨌거나 새로 어머니가 된 여성을, 피가 이어진 딸 앞에서 어떻게 칭찬하면 좋을지 전혀 감이 오지 않았다.

그러자 아야세 양이 내 얼굴을 빤히 바라보면서 목소리

를 줄였다. 마치 이제부터 괴담을 들려줄 것처럼 새삼스런 어조로…….

"하지만, 최종 학력은 고졸이야."

"어, 그렇구나."

뜻밖에도 너무 평범한 내용이라, 무심코 메마른 반응을 해버렸다.

그러자 아야세 양은 뜻밖에도 뜻밖이란 표정을 짓고,

"아무 생각도 안 해?"

"……안 하는데?"

"고졸. 미인. 물장사. 이 세 가지 조건이 모이면?"

"고졸이고, 미인이고, 물장사로 일하고 있구나 싶은데."

왜 당연한 말을 하는 걸까?

제각각의 요소에 고유의 이미지는 있지만, 겹친다고 그 이상의 뭔가를 생각할 리가 없다.

"흐응. 아사무라 군은 선입관이 없는 편이구나."

그렇게 중얼거리며 야채볶음을 입으로 옮기는 아야세 양.

쿨한 무표정 속에 살며시 기쁨의 감정이 숨어있다고 느껴지는 건, 동정남의 슬픈 착각일까? 그렇지 않다고 잘라 말할 만큼 여자애의 심리를 잘 모르니 안타깝기 그지없다.

"그런 스탠스, 아주 좋다고 생각해."

"동정한테 상냥히 대해줘서 고마워."

속내를 솔직하게 말로 표현해주면 멘탈리스트 같은 스킬

이 없어도 커뮤니케이션을 하기 쉽다.

아야세 양의 눈이 한순간 흐려졌다. 동정은 괜한 발언이었나 싶어 등골이 서늘했다.

그러나 경솔한 발언을 탓하는 분위기가 아니라, 그보다도 한 단계 더 시리어스한 무게를 담아 그녀는 입을 열었다.

"그렇지 않은 의견을 나는 알고 있어. 고졸이고, 미인이고, 물장사. 다시 말해서 머리가 나쁘고, 외모가 좋은 것만 무기로 삼아서, 그늘진 세계에서 돈을 버는 거라는 시선. 엄마를 그런 식으로 깔보는 사람을 몇 번이나 봤어."

"넌센스네."

분명히 학력과 머리의 관계를 따져보면, 일정한 경향은 있을 것이다.

그러나 그것은 개인의 자질을 재기 위한 절대적인 척도가 아니다.

매크로한 시점에서는 옳아도, 미크로하게 보면 얼마든지 예외가 있다. 「다들 그렇게 말하는 일이 많다」와 「그러니까 그 사람은 그렇다」— 이 둘 사이에는 커다란 차이가 있다.

그런 간단한 것도 이해 못하는 놈은 지능이 낮다고 말할 수밖에 없다.

……라고 요미우리 선배한테 빌린 책에 적혀 있었다. 책의 영향력은 어마어마하다. 고작해야 고등학생인 내가 인생의 숙련자 행세를 하면서 뭐라고 말할 셈은 털끝만큼도

없지만, 반사적으로 읽은 적이 있는 책의 가치관을 인용해 버렸다.

하지만 그렇게 영향을 받은 말을 들은 아야세 양의 얼굴이 조금 붉어졌고, 흥분한 기색으로 몸을 내밀고 있었다.

"그렇지. 난센스지?"

"으, 응."

"게다가 그런 말들은 치사하다니까. 교묘하게 도망칠 길이 없는 논리 전개를 해."

"예를 들어서, 어떤 거?"

"머리가 좋고 외모가 안 좋으면, 재수 없는 인텔리 여자. 외모가 좋고 머리가 나쁘면, 몸으로 지위를 얻은 베갯머리 영업. 누군가를 의지하면 미인은 기생하면 되니까 편하답시고 말하고, 혼자서 노력하면 의지할 남자도 없는 가여운 녀석이라고 해."

"아아…… 그렇구나. 그런 거, 있지."

"남자도 있지? 분명히."

"그야 있지. 좋아하는 애한테 어필을 하려고 하면 징그럽다, 성희롱, 범죄자라고 하거든. 그래서 연애 같은 거 필요 없다고 하면, 허세다, 음흉하다, 동정의 열폭이라고 하지."

"굉장히 구체적인걸. 아사무라 군의 실제 체험?"

"SNS 같은 걸 보면 그런 게 흘러 들어오거든. 먼저 그런 체험담을 본 탓인지, 나는 경험하고 싶지 않은걸. 귀찮아서. 처음부터 연애 같은 거에 연관되지 말자고 결심했지."

"그렇구나. 어쩐지 이해 돼~. 그런 거."

신 포도가 어쩌고 하는 유명한 이솝 우화를 인용해 야유를 받아도 이상하지 않을 내 생각에, 아야세 양은 간단히 동의해 주었다.

공감할 수 있는 부분이 있다는 걸 느꼈는지 그녀의 목소리와 표정에서 조금씩 딱딱함이 사라졌다.

"그래서 말이야, 나의 이 복장은 무장이야."

이야기가 본론으로 돌아왔군.

"일단 완벽하게 꾸미는 거야. 제3자가 보기에 미인이다, 예쁘다. 그런 말을 들을 수 있는 수준까지 어떻게든 자신을 끌어올린 뒤에 학업도, 일도, 모든 것에 완벽한 강한 사람이 된다. 그걸 위한 첫걸음. 시시한 일반론을 강요하는 녀석들을 찍어 누를 수 있는, 강한 사람이 되기 위한 거야."

평소처럼 담담한 어조. 그렇지만 그녀의 목소리에는 강한 감정이 스며 나왔다.

─나랑은 정반대네.

강요받는 역할이 귀찮아서, 남과 엮이지 않으려고 뚜껑을 닫고 도망친 것이 나. 아야세 양은 세상에 침을 뱉으며 덤벼드는 스트롱 스타일이었다.

하지만 그 너무나 강한 스탠스엔 아주 약간 위태로움을 느꼈다.

"그거 괜찮아? 엄청 지칠 것 같은데."

"체력이랑 맞바꿔서 보여줄 수 있다면 바라는 바야."

누구한테?

그런 의문이 뇌리를 스쳤지만, 그것까지 물어보는 건 못난 구경꾼 근성인 것 같아서 말은 하지 않았다.

같은 나이라고 생각하기 어려운 성숙한 가치관을 가지게 된 것은 어쩌면 친아버지, 즉 아키코 씨의 전남편에 해당하는 인물의 영향이 있을지도 모른다.

만약 그렇다면, 흙발로 파고드는 건 싫겠지.

나만 해도, 친어머니에 대해 누가 캐물으면 좋은 기분은 안 드니까. 상대에게도 캐묻지 않는 것이 매너다.

그렇게 빙글빙글 생각하는 동안 대답할 말을 잃고 있는데, 아야세 양이 침묵을 깼다.

"아사무라 군도 나랑 같은 거 아냐?"

"아야세 양처럼 강하진 않아. 나는 사회의 눈길과 싸울 생각이 없으니까."

"하지만 뿌리 부분에 있는 건, 다른 사람의 기대가 귀찮고 누군가에게 기대를 하는 것도 귀찮다는 마음이잖아."

그건 맞았다. 그렇기에 처음에 패밀리 레스토랑에서 만난 날, 우리는 서로서로 기분 좋게 스탠스의 간격 조정을 할 수 있었다.

"다른 사람의 눈길, 다른 사람의 기대. 그런 귀찮은 여러

가지에서 해방되려면, 혼자서 살아갈 수 있는 힘이 필요해."

"그렇군. 고액 알바를 찾는 이유도 어쩐지 알 것 같아."

"흐음~. 감이 좋네."

"이 정도 힌트가 있으면 둔해도 알 수 있어."

감탄하는 아야세 양의 말투에, 나는 어깨를 떨구면서 말을 이었다.

"자립하여 살아가기 위해서, 겠지."

"정답. ……미안해."

그렇게 말하고, 아야세 양은 어색한 기색으로 눈을 깔았다.

사과의 의미를 묻지는 않는다.

지금까지 아르바이트를 하지 않았던 아야세 양이 우리들 아사무라 부자와 공동생활이 시작된 이 타이밍에 고액 알바를 찾기 시작한 이유는, 일부러 캐물을 것도 없이 명백했다.

타인에게 의지하지 않는다. 타인에게 기대하지 않는다. 그저 강하고 고결한 자신인 채로 홀로 살아간다. 그런 고독한 결심을 품기에 이른 이유는, 의지할 수 있을 법한 『타인』이 바로 곁에 나타나 버렸기 때문이다.

"솔직히, 아르바이트로 큰 돈을 쉽게 벌 수 있는 방법은 없어. 서점의 시급도 고액이라고 하기는 어렵고."

"그래……."

아야세 양이 유감스러운 기색으로 고개를 숙였다.

"그러면, 포기하는 수밖에 없으려나."

"스스로 조사하지는 않을 거야?"

"바닥부터 정보를 모으기 위해 본격적으로 힘을 쏟으면 공부 시간이 줄 것 같아서. 애당초 아르바이트는 한 적이 없으니까, 정보 제로 상태거든. 시간을 잔뜩 쓰면 해결될 법하지만 가성비가 좋지 않다고 해야 할까? 나, 그렇게 머리가 좋지 않으니까 성적과 고액 알바의 정보 모으기, 둘 중 하나를 희생할 필요가 있을 것 같아."

"그렇구나. 알바 경험이 있고, 가까운 사람의 수가 많은 내가 정보 수집 효율이 높을지도 모르겠네."

나도 친구가 많은 건 전혀 아니지만, 방금 이야기를 들어보니 아야세 양은 상당히 고독한 체질이다.

나라사카 양하고는 친구라고 하는데, 그밖에 다른 관계는 구축하지 않은 것으로 보인다.

"단시간에 돈 벌 수 있는 방법 찾기, 도와줄 수 있을지도 모르겠네."

"정말?"

"그래. 학교에 정보통인 친구가 한 명 있어."

사실, 친구가 그 녀석 한 명밖에 없지만.

"알바 선배도 박식하니까 뭔가 알지도 몰라. 마침 내일 알바하러 가니까, 뭔가 아는 거 없는지 물어볼게."

"고마워. 하지만, 너무 받기만 하는 건 공평하지 않네."

아야세 양은 된장국을 마시며 말했다.

"된장국."

"어?"

"매일, 된장국을 만들어주면 좋겠어."

극히 자연스럽게 식탁에 앉아 있는, 얼마 전까지 타인이었던 같은 나이의 여자애. 그런 비일상적인 광경을 봤더니 자연스럽게 그 말이 나왔다.

그릇에 입을 댄 채 몇 초간, 아야세 양이 멍해졌다.

"사랑 고백이야?"

"아니, 그게 아니라."

무리도 아니다.

내가 한 말만 보면 완전히 프로포즈다.

아키코 씨가 매일 저녁 식사를 만드는 건 힘들다고 했었다.

당번제가 되면 나도 만들어야 하나? 아버지랑 둘이서 살때는 배달이나 인스턴트, 편의점 도시락으로 때웠지만 이젠 그럴 수는 없을 거고.

하지만 아르바이트도 있고, 공부도 하고 싶고, 책도 만화도 읽고 싶으니 교대로 한다 해도 요리를 할 시간이 있을지 미지수다.

수제 된장국을 먹은 게 대체 몇 년 만일까? 인스턴트 된장국보다도 맛이 있단 말이지.

오늘, 수수하게 머릿속에서 오가던 갖가지 생각이 마구

뒤섞여서 불쑥 나온 것이 그 한마디였다.

"뭐 좋아. 요리하는 거, 난 딱히 싫어하지도 않아. 생각보다 특기니까, 정보 모으기와는 달리 나에게는 그렇게 코스트가 높은 것도 아니야."

납득해준 모양이다.

"나는 아야세 양한테 돈 벌 방법의 정보를 가르쳐주고—."

"나는 아사무라 군에게 밥을 만들어 준다—."

버릇이 없다는 건 알면서도, 우리는 손가락으로 서로의 얼굴을 가리키면서 거래 성립을 확인했다.

●6월 9일 (화요일)

아침. 오늘도 여동생이 깨워준다는 드라마틱한 이벤트는 일어나지 않았다.

어젯밤도 아야세 양은 나 다음으로 목욕을 하고, 내가 잠들었을 무렵에 자기 시작해서, 내가 일어나는 것보다 먼저 일어나서 몸가짐을 갖추고 있겠지.

"큰일 났어, 유우타!!"

복도에 나오자, 쉐이빙 크림으로 화장을 한 피에로와 마주쳤다.

정정. 출근 준비를 하던 도중의 아버지였다. 아버지는 핏대가 선 눈을 부릅뜨고, 거품투성이의 입을 뻐끔거리면서 거실 쪽을 가리켰다.

"왜 갑자기 난리인데?"

"출근 준비를 하려고 수염 깎기 시작했는데 말이야."

"그렇겠지."

"주방 쪽에서 수상한 소리가 나서 보러 갔더니."

"갔더니?"

살인 사건의 도입부인가? 이런 태클은 가슴 속에 품어 두고 물어보았다.

아버지가 열띤 목소리로, 연설하는 독재자 같은 포즈로

말했다.

"사, 사키가…… 아침밥을 만들고 있어!"

"그게 경악할 사실처럼 말할 일이야?"

"경악이야! 설마 내 인생에서, 딸이 만들어준 아침을 먹는 날이 오다니이……."

안경 안쪽 눈동자에 눈물을 듬뿍 머금고 감격하고 있다. 기쁜 건 알겠는데, 거품을 복도에 떨어뜨리지 좀 마요.

"하아……. 알았으니까, 얼른 세수하고 와."

"유우타는 매정하구나. 사키처럼 좀 더 귀염성이 있으면 좋을 텐데."

"아야세 양한테, 귀염성?"

드라이하고 쿨한 갸루의 얼굴을 떠올리고, 고개를 갸웃거렸다.

분명히 얼굴은 귀엽다. 상당히 귀여운 쪽에 속한 여자애라는 건 틀림없다.

하지만, 귀염성, 이라는 말의 어감이 딱 들어맞는가 하면 그건 또 아니지.

……이건 좀 실례되는 생각인가? 아버지를 세면장으로 밀어 넣고 거실로 가니, 고소한 후추 향이 떠돌았다.

"계란프라이?"

"왕도적이긴 하지만, 아침 정도는 적당한 거라도 불평하지 말아줬으면 좋겠어."

"불만은 없지만, 한 가지만 말해도 될까?"

"엄청나게 불만이 쏟아질 것 같은 서론인데⋯⋯. 그래, 해봐."

"왜 아침밥을 만들고 있어?"

어제는 식사 준비를 안 했었다. 아침은 토스트 따위로 적당히 때울 수 있고, 누군가가 다른 사람의 몫까지 무리해서 만들지 않아도 된다고 생각했다.

"왜긴? 거래했잖아."

"어제 그거? 그거 저녁 한정이 아니었구나."

"저녁 얘기였지만. 덤으로 아침도 만들까 생각한 것뿐이야. 기브 앤 테이크에서 기브를 넉넉히 하자는 게 내 주의니까."

"그렇구나⋯⋯."

여전히 고지식함을 넘어서 드라이한 반응이다.

아침부터 여동생이 요리하는 풍경이라는 건 세상 남자들이 군침을 흘릴 법한 광경이다. 그렇지만 교복 위에 앞치마를 두르고 프라이팬을 흔드는 아야세 양의 모습은 역시 망상으로 떠올릴 법한 의붓 여동생의 모습과는 거리가 멀었다.

아야세 양만 일하고 있는 것에 죄책감이 든 나는 뭔가 내가 할 수 있는 일이 없을까 생각하다가, 일단 식탁을 행주로 깨끗하게 닦아두기로 했다.

주방에서 이쪽을 힐끔 살핀 아야세 양이, 매끈하게 빛을 반사하는 식탁을 보고 「앗」 하며 입을 벌렸다.

"……고마워."

서투른 감사의 말을 하더니, 그녀는 계란프라이를 담은 그릇을 세 개 가져왔다. 가족이니까 당연한 배려에 지나지 않는데도 감사의 표현이 나와버리는 것은 고지식한 그녀다웠다.

계란프라이에 이어서 가져온 것은 쌀밥과 된장국이다. 둘 다 지금 막 한 것이라 그런지 고소한 냄새와 함께 김이 피어오르고 있었다.

"언제 준비했어?"

"어젯밤, 자기 전에. ……뭐, 이 정도는 해야지."

아무것도 아니라는 것처럼 쿨하게 말하는 아야세 양이지만, 당연하단 표정으로 하고 있는 그 일은 내가 몇 년이나 귀찮아했던 작업이라 고개를 들 수가 없다.

나랑 아야세 양이 자리에 마주 앉아서 손을 맞대고 「잘 먹겠습니다」라고 동시에 말했을 때, 출근 준비를 마친 아버지가 나왔다.

식탁에 올라온 극히 평범한 아침 식사 앞에서 눈빛을 반짝거린다.

"감동적이야……."

"아하하. 너무 거창해요, 새아버지."

쓴웃음을 짓는 아야세 양. 나에게 보이는 드라이하고 쿨한 얼굴과는 또 다른 표정으로 보인다. 이제부터 신세를 지게 된 어른에 대한 예절을 고려한 걸까?

거리를 유지하는 것이나 대화 내용도 그렇고, 여동생이라기보다는 오히려 이제 막 동거를 시작한 새색시 같았다.

결국 아버지는 처음부터 끝까지 맛있다는 말밖에 못했다. 별 특색 없는 계란프라이를 신이 나서, 그리고 상당히 빠른 속도로 먹어 치우더니 이제 곧 출근 시간이라면서 서둘러 집을 나섰다.

먹는 게 너무 빠르잖아. 기가 막힌다. 물론 평소엔 나도 조금 더 빠른 편이지만, 오늘은 어떤 이유 때문에 조금 늦게 먹고 있었다.

"맛없어?"

이유를 딱히 말하지 않으려고 묵묵히 느릿한 페이스로 먹는 나에게, 아야세 양이 불안 섞인 시선을 보냈다.

"그런 건 아니고."

"신경 안 써도 돼. 입에 안 맞으면 개선할 테니까."

"아니, 정말로."

어디까지나 기본에 충실하며, 이상한 어레인지를 가미한 것도 아니고, 제대로 교과서에 따르듯 만들었을 것이다. 노른자랑 전체의 형태가 무너지지도 않고 깔끔하게 원을 그리는 프라이는 맛도 식감도 보는 그대로의 완성도였다.

과도하게 맛없는 음식 조리 속성을 가지고 있지 않은 것도, 2차원 세계에 등장하는 가공의 여동생과 다른 평탄하고 드라이한 의붓 여동생이었다.

그러면 어째서 먹는 게 느린가 하면. 너무나도 별 거 아닌 이유를 나는 머뭇거리는 목소리로 밝혔다.

"그저, 계란프라이에는 간장을 뿌려 먹는 일이 많았거든…… . 조금, 익숙하지 않아서."

정말로, 그저 그것뿐이다.

아야세 양이 만들어준 계란프라이는 소금과 후추로 간을 했다. 그래서 다른 조미료를 추가로 쓰는 걸 상정하고 만들지 않았다. 물론 소금, 후추 알러지가 있는 것도 아니고, 이 계란프라이도 먹으려고 하면 먹을 수 있다. 하지만 간장으로 수분을 머금은 계란프라이랑 비교하면 좀 푸석해서, 식감이나 목으로 넘기는 감각에 익숙해지지 못했다.

"계란프라이에 간장…… 그런 방법도 있구나…… . 그 발상은 없었어."

망연히 중얼거리는 아야세 양. 하지만 내가 보기에는 소금과 후추로만 간을 해서 먹는 편이 더 놀랍다.

아야세 양은 표정을 그다지 바꾸지 않고, 그렇지만 아주 약간 어깨를 떨구며 말했다.

"미안. 아사무라 군의 취향을 생각 안하고, 내 상식으로 만들었어."

"아니아니아니, 사과할 일은 아냐. 오히려 사전에 말도 안 했으면서 먹는 페이스가 떨어져서 이상한 걸 신경 쓰게 한 내가 잘못했지."

"다음부터는, 되도록 물어볼게."

"응. 나도 정보 공유를 할게."

그러니까 더 이상 말하지 않기. 서로 간격 조정을 해서 합의점을 만드는 두 사람.

어째서인지, 이런 것이 좋다고 생각해 버린다.

상관없는 제3자가 보기에 우리들의 대화는 지독하게 사무적이고, 따스함이 부족한 것으로 보일지도 모른다.

그렇지만 이 대화에 대단한 안도감을 느껴버리는 자신이 있었다.

아침 시간을 보낸 다음, 나랑 아야세 양은 또 시간을 두고 집을 나서기로 했다. 학교 사람들에게 귀찮은 참견을 받지 않도록 세심한 주의를 기울이는 것과 동시에, 서로에게 필요 이상으로 다가가지 않기 위한 조치였다.

가족이라지만 또래의 이성이다. 집에서 상대가 신경 쓰는 것도 미안한 일인데, 밖에서도 그 미묘한 거리감을 의식하는 건 솔직히 서로 피곤한 일이기도 하다.

혼자 보내는 시간을 소중히 한다. 그 가치관을 계속 공유하는 것이, 우리가 앞으로 오래도록 잘 지내기 위해 필요한 것 같았다.

"가상화폐랑 유튜버, 어느 쪽이 좋다고 생각해?"

"일단 관둬라."

아침 조례를 기다리는 나른한 분위기 속. 교실에 들어온 절친인 마루에게 질문했더니 1초 만에 칼 같은 대답이 돌아왔다.

"과연 야구부의 1군 포수는 판단이 빠르네."

"내가 아니라도 말릴걸. 아사무라, 갑자기 뭔 소릴 하냐?"

"단시간에 효율적으로 돈 버는 방법을 찾고 있거든."

최대한 말을 골랐다.

약속을 깰 수는 없으니까, 아야세 양과 한 대화를 꺼낼 수는 없다. 내가 아슬아슬하게 말할 수 있는 건 여기까지였다.

그러나 당연히 이렇게 말해서 납득할 리가 없는 마루가 수상쩍은 것을 보는 눈을 하고 있었다.

"아사무라…… 너 사기꾼한테 찍힌 건 아니겠지?"

굳이 따지자면 사키한테 찜 당했으면 좋겠다. 실없는 말장난이 떠올랐지만 입 밖으로 꺼내진 않았다. 나는 교양 있는 어른이다.

"범죄에 말려들었다거나 그런 건 아냐. 그게, 지금은 어떤 대기업에 입사하더라도 안심하기 어렵고, 공무원도 꽤 힘들 것 같잖아. 지금부터 저금을 해서 손해는 없을 거라고 생각하거든."

"뭐, 그건 일단 제대로 된 인생 설계군."

"일단 원조 교제는 안 할 거다."

"오히려 선택지에 들어가 있는 게 더 놀랍다. ……흐음."

안경 안쪽에 있는 마루의 눈동자가 의혹의 색으로 반짝였다.

"어제 아야세에 대해 물어본 것도 그렇고, 수상한 아르바이트를 찾기 시작하질 않나. 너, 설마……."

"어, 아니거든?"

반사적으로 부정해 버렸다. 아직 무슨 말을 듣기 전이라 오히려 수상함이 가속되기만 하겠지만, 부정하지 않을 수 없었다.

꿀꺽. 마른침을 삼키고 다음 말을 기다리는 나를 가만히 바라보더니, 마루는 내 속을 캐는 것처럼 신중하게, 그러면서 깊고 날카롭게 파고들며 입을 열었다.

"관둬 인마. 네가 호스트 같은 걸 하더라도 사줄 상대는 없다고. 거울을 봐라, 거울을."

"……후우우~."

안도의 한숨이 흘러나왔다. 발언 내용에 자연스럽게 포함되어 있는 나에 대한 디스에 일일이 반론할 생각도 안 들 정도로, 몸에서 힘이 빠져나갔다.

미묘하게 둔감해서 고맙다, 마루.

"지금, 마음속으로 나를 바보 취급했지?"

"그렇지 않아."

자연스레 거짓말을 했다. 아니, 거짓말을 한 건 아니지. 바보 취급한 게 아니라, 감사한 것뿐이니까.

일반론적인 이미지라는 건 무서운 거라고 생각했다.

안경에 1군 포수인 내 절친은 관찰력과 통찰력이 둘 다 뛰어난 수재다. 그런 그조차 『여동생』이라는 단어에서 아야세 양의 모습을 조금도 연상하지 못하고 있었다.

원조 교제 의혹이 있는 불량 갸루. 그것이, 얼마나 『여동생』의 이미지와 동떨어진 존재인지 잘 알 수 있는 에피소드였다.

"우선 첫 번째."

챙겨주기 좋아하는 마누라처럼, 손가락을 세운 마루가 설교의 말을 시작했다.

"단시간에 편하게 돈벌이를 하려고 유튜버나 가상화폐에 손을 대려는 발상에서, 넌 일단 세상을 너무 깔보고 있다."

"그, 그래?"

"당연하지. 성공하는 녀석들은 철저하게 그걸 연구하고 있단 말이다. 사용하는 시간이 달라. 야구랑 마찬가지야. 도박하는 감각으로 그냥 붕붕 배트를 휘둘러도 절대 안 맞지."

"아~. 그 말을 들어보니, 분명 그렇네."

야구 외길로 계속 연습을 해온 마루가 말하니 설득력이 다르다.

그러나 그가 하는 말이 옳다고 생각하는 한편, 거기서 뭐라 말하기 어려운 모순의 그림자도 느끼지 않을 수 없었다.

"하지만 세상에는 10년 걸려 간신히 돈벌이를 하는 사람도 있는가 하면, 1년 만에 막대한 부를 얻는 사람도 있잖아. 둘을 가르는 요인은 뭐지? 진지하게 연구한 시간만으로는 도저히 설명이 안 되는 것 같은데."

"나도 딱히 수입원이 있는 사람이 아니니까 알 수 없지만, 어떤 종류의 요령 같은 건 있을지도 모르지."

"요령이라……."

"기초적인 마음가짐 같은 걸까? 우리 부모님이 역사 마니아시거든. 옛날부터 전국시대나 삼국지 이야기를 자주 들었던 탓인지, 괜한 전술적인 지식만 익히게 됐거든―."

"마루는 제갈공명 같은 구석이 있지."

1년 이상 지내다보면 그 사람의 대화의 경향이 보이기 시작하는데, 이 마루 토모카즈란 남자는 상당한 전술가다.

작년 구기 대회 때는 어디선가 다른 반의 정보를 입수해서는, 각 경기 참가자에게 전수했다. 그 결과로 우리 반은 대부분의 경기에서 훌륭하게 상위 성적을 거둘 수 있었다.

야구부에서 1군의 자리를 꿰찬 것도 그 자질 덕분이 아닐까?

"그렇게 거창한 건 아닌데……. 그래도 전쟁의 기본적인 사고방식은 새겨져 있을지도 모르지."

"예를 들면?"

"정보와 지식이야말로 최대의 무기다."

"지피지기면 백전백승이다, 그거?"

"그거지. 적의 수, 거점의 장소, 소유한 무기의 수, 실행 예정인 작전 내용— 이런 거. 세세한 부분도 그렇지만, 애당초 무인기로 원격 사격을 하는 기술을 가진 상대야. 그 기술도 지식도 없는 돌도끼밖에 못 쓰는 녀석이 이길 수 있을 리 없잖아."

"그렇구나. 그 말을 돈벌이에 응용하면…… 돈의 지식이 부족하다는 건가?"

"그렇지. 사회의 구조, 장사의 구조란 걸 아는가 모르는가에 따라 성공률이 상당히 달라지지 않을까? ……아님 말고."

그럴듯한 말을 잔뜩 해놓고서, 마지막에는 건성으로 마무리를 지었다.

고민하는 친구에게 조언을 하면서도, 애매하다 싶은 부분은 얼버무리며 말하지는 것은 그가 나름대로 성의를 보이는 것이리라.

그리고, 그의 말은 그야말로 정론이라고 감탄하게 된다. 과연 나의 듬직한 절친이다.

나는 그에게 얻은 사고의 실마리를, 마음속 메모장에 단단히 적어두었다.

수업이 끝나자 나는 자전거를 타고서 곧장 일하는 서점에 갔다.

시부야 역 앞의 서점에는 놀러 온 젊은이도 많지만, 평일은 샐러리맨이나 물장사를 하는 사람들도 그럭저럭 많다. 노동 방식의 개혁도 영향을 주어서 18시쯤부터 19시에 걸쳐 바쁨의 피크가 온다.

그러나 그것을 극복하면 가게는 잔잔한 바다 같은 차분함을 되찾고, 일하는 사람도 네 명 정도가 된다.

20시가 되면 그중에서 두 명이 휴식에 들어가기 때문에, 이때부터 한 시간 동안은 나와 요미우리 선배 단둘이었다.

계산대에서 하품을 죽이고 있는 요미우리 선배를 힐끔 보고, 매장 정비 작업……을 빙자하여 나는 목표인 책을 찾아 책장 사이를 돌아다니고 있었다.

일단 필요한 것은 돈에 대한 올바른 지식.

경제, 경영, 자본주의의 구조를 재빠르게 배울 수 있을 법한 책을 적당히 찾아봤다. 솔직히 다들 비슷한 타이틀과 캐치프레이즈를 내세우고 있기에 좀처럼 차이를 알기 어려웠지만, 저자의 이력이나 목차의 내용으로 비교적 신용할 수 있을 법한 것을 골랐다.

그리고 고액의 구인 정보가 실려 있는 잡지도 몇 권. 스마트폰으로 조사해도 되겠지만, 수상한 구인에 빠지는 건 피하고 싶었다.

제대로 된 출판사에서 나온 잡지에 실려 있더라도, 문제가 없다고 잘라 말할 수는 없다. 그냥 심리적 안정을 얻는 것 정도밖에 안 된다고 생각하지만, 노가드 전법보다는 낫겠지.

……좋아.

일단 적당히 그럴듯한 책을 모은 나는, 그것들을 계산대로 가져갔다.

그러자,

"이놈. 근무 중에 자기가 살 책을 챙겨두면 안 되지."

주의를 주는 목소리와 함께, 누가 어깨를 손가락으로 콕 찔렀다.

물론 요미우리 선배다.

"아, 죄송해요."

"에이~. 농담이야. 그런 규칙 지키는 사람도 없으니까 괜찮습니다~. 솔직히 점장님도 자주 일하는 도중에 신경 쓰이는 책을 챙겨둔단 말이지. 재고가 동나기 쉬운 인기작이나 발매 직후 경쟁률이 높은 신간을 부정하게 챙겨두는 것만 아니라면야 괜찮겠지~. 상식적으로 생각해서."

내 어깨를 두드리면서 깔깔 웃는 요미우리 선배.

전통 미인풍 문학소녀 같은 외모에 비해서 상당히 가벼운 모습이다. 대학에 갓 입학했을 무렵에는 다들 찬양해줬는데, 술자리에서 이 본성을 드러냈더니 고백받는 횟수가 확 줄었다고 했던가. 「멋대로 청초함을 기대하지마~」 하면서 투덜거린 적이 있었지.

『검은 머리도, 얌전해 보이는 얼굴도, 타고난 거니까 어쩔 수 없는 거잖아?』

그렇게 말하고 삐친 것처럼 머리칼 끝을 매만지던 그녀의 표정이 묘하게 인상적이었다.

가벼운 여자라면 머리칼을 물들이고 화려한 화장을 하라고. 주위에서 떠도는, 말 없는 분위기에 대한 불만은 어쩐지 나도 이해할 수 있었다.

어떤 의미로 그녀와 정반대인 아야세 양이 의붓 여동생이 된 지금, 그 감각이 조금 더 가까워진 것 같다. 인류는 일반론이 패배한 것을 깨달아야 한다.

"그래서 우리 후배. 너는 뭘 사려는 거야?"

"들여다보지 마세요."

"그 반응, 설마 야한 책이야?"

"새로운 여동생이랑 살기 시작한 저한테 물리 에로 책은 허들이 너무 높아요. ……그리고, 애당초 제가 19금 도서를 살 수 있을 리 없잖아요."

"그러면 순순히 보여줘 봐. ……에잇."

"앗!"

선배가 너무나도 빠른 움직임으로 채어갔다.

"흠흠. 흐흐흠. ……으응?"

내가 모은 책의 표지를 한 권씩 바라보면서 요미우리 선배의 표정이 점점 미묘해졌다.

"몰랐어. 우리 후배가 이렇게 악착같이 돈벌이를 하려는 악바리 타입이었다니."

"그게 아니고요."

불명예스러운 칭호를 받기 싫어서, 금방 부정했다.

일단 아야세 양의 요청이라고 밝히는 건 매너 위반인 것 같아서, 나는 또 그 부분만 덮어두고 사정을 설명했다.

"고등학교 졸업하면 금방 혼자 살기 시작해서, 자립하고 싶어요. 그래서 이 틈에 자금을 벌어두고 싶거든요."

"하지만 그러면 여기서 알바만 해도 되지 않아?"

너무나도 지당한 의견이었다.

"그러니까~, 그게. 금액이 부족해서요. 책을 좋아하니까 일을 하고 있지만, 급료가 결코 높은 건 아니니까요."

"아~, 그래서."

"이 나이에 새로운 여동생까지 생기니까, 언제까지나 친가에 있는 건 힘들지 않을까 해서요. 상대에게 부담을 주는 것도 마음이 안 좋고."

"아~, 그래?"

같은 말투와 표정으로 정반대의 맞장구.

"의문인가요?"

"자립하고 싶은 마음은 이해하지만, 여동생이 이유라는

건 아니겠지."

생각보다도 정색한 톤으로 답이 돌아왔다.

아야세 양의 가치관을 대변한 것에 지나지 않는 나도 무심코 흠칫해 버렸다.

"아니고 뭐고, 제 마음의 문제가 아닐까요?"

"아니라는 건 도리에 반한다는 의미야."

"안 되나요?"

"안 되는 건 아니지만, 아까워."

"네?"

요미우리 선배의 입에서 나온 그 단어가 너무 뜻밖이라, 눈이 멋대로 깜박였다.

"상대에게 부담을 주지 않으려고……. 그렇게 생각하는 동안에는, 이런 책을 아무리 읽어도 돈벌이를 잘 하는 사람은 못되지 않을까?"

"죄송해요. 이론을 몇 단계 뛰어넘어가서 의미불명인데요. 보통 사람도 이해할 수 있는 언어로 말씀해 주실 수 있을까요?"

"같은 나이의 여동생이라는 건 오히려 자산이잖아. 그걸 의지하지 않는 삶이라니, 그건 손발을 묶고 다니는 거나 마찬가지야."

천연덕스러운 말투지만, 묘하게 날카로운 말이었다.

사실 나나 아버지를 의지하지 않고 살아가려 하는 건 아야세 양이지만, 그녀의 가치관에 동조하고 있던 나에게도 요미우리 선배의 말은 푹 찌르고 들어왔다.

"어째서 돈이 필요하다고 생각해?"

"그거야, 없으면 살아갈 수 없으니까요."

"정말로 그럴까?"

"선문답인가요? 뭐 좋아요. 의식주, 어느 것을 만족시키려면 돈은 필요하잖아요."

그것이 자본주의다.

"그래, 그렇네. 그러면 극단적인 얘긴데, 돈을 못 버는 아기는 살아갈 수 없어?"

"아무리 그래도 너무 극단적인데요."

"하지만 실제로 아기는 돈을 못 벌어도 살아갈 수 있지."

"부모님의 보호가 없으면 무리지만요."

"그래, 도움을 받아서 살아있지. ……어른도 그러면 되지 않아?"

"아니, 안 되죠."

모든 사람이 도움을 바라기 시작하면 사회는 붕괴된다.

어른이 어른으로서 아이를 지키고, 제대로 돈을 벌어 자립하기 때문에 현재의 사회가 유지되는 것이다.

"하지만, 아기가 되고 싶은 어른은 늘고 있잖아."

"일부를 보고 전체를 평하는 건 어떤가 싶은데요……."

분명히 SNS를 보면 2차원 캐릭터를 「마마」라고 부르며 좋아하거나, 아기로 돌아가고 싶다는 소망이 뻔히 보이는 컨텐츠의 존재도 흔히 보인다.

하지만, 그렇다고 해서 모든 어른이 아기로 돌아가고 싶다는 바람을 품는 건 아니다……라고 믿고 싶다. 응.

"물론 모두가 그렇다고는 안 하겠지만~. 그런 컨텐츠가 뜨고 있다는 건 그런 바람을 품은 사람이 상당수 있다는 거지."

"그건…… 뭐 그렇네요."

"처음에는 모두 아기였는데, 어른이 되면 갑자기 그러면 안 된다고 튕겨낸다니까. 그게 더 잔혹하지 않아?"

"……분명히 그렇네요."

"이것도 극단적인 얘긴데— 입는 것, 먹는 것, 사는 장소를 누군가가 준비해서 도와준다면, 딱히 돈이 없어도 살아갈 수 있잖아."

"돈이랑 다른 형태의 기본소득, 같은 거요?"

"오오, 똑똑하네."

"그만 좀 해요."

최근에 배운 번듯한 용어를 쓰고 싶어서 어쩔 줄 모르는 젊은이 취급은 섭섭하다.

참고로 기본소득이란 전 국민에게 일정 금액의 돈을 정기적으로 배포한다는 개념인데— 그걸 알게 된 계기가 다름 아닌 요미우리 선배가 소개해준 책이다.

아무리 생각해봐도, 내가 그런 말을 들을 이유는 없다.

그러나 요미우리 선배는 웃으며 말을 이었다.

"에이, 사소한 건 됐잖아. 자기 힘으로 살아가지 못하면, 누군가를 의지해도 된다고 생각하거든."

"짐이 된다고 해도요?"

"세상에는 짐이 되는 여자가 더 좋다는 호사가도 있거든?"

"개개인의 취향은 그럴지도 모르지만요."

"우리 후배는 그쪽 타입이 아닌가 보네."

"……잘 모르겠어요."

적어도 아야세 양은 그런 짐이 되는 남자를 좋아하는 타입은 아닐 거야. ……그렇게 잘라 말할 정도로 그녀를 잘 아는 게 아니니까, 어느 쪽이든 잘 모르겠다고 대답하는 수밖에 없다.

"하지만, 돈의 본질은 그런 거야. 있으면 좋고, 없으면 없는 대로 누군가에게 대신 도움을 받으면 돼. 난처할 때 도움을 받을 수 있도록, 여유가 있을 때 자신도 누군가를 돕는다. 그런 생각을 몸에 새겨두는 게 이런 책을 읽는 것보다 몇 배는 빨리 대부호에 다가갈 수 있을걸."

"그런 걸까요?"

"그런 거야. 이 세상의 회사 중에, 유능한 부하보다 우수한 사장은 거의 없어."

"터무니없는 의견을 딱 잘라 말씀하시네요."

"정말이라니까. 부자 사장은 의외로 도움을 받는 것에 능숙한 경우가 많다네, 소년."

"다 아는 체하는 건 꼴사나워요."

"꽃 같은 대학생에게 돈 많은 파파 한두 명쯤, 없을 것 같아?"

"엇……."

나는 무심코 굳어버렸다. 파파. 그 문란하고 의미심장한 단어가 머릿속에서 꾸물거리며 일그러졌다.

그건, 저건가? 금세기에 유행하는 원조 교제라는 건가? 아니면 내 귀가 망측하게 잘못 들은 것뿐이고, 혈연 관계적인 의미의 노멀한 파파일까? 그렇다면 한두 명이라는 표현은 이상하지만, 우리 집처럼 부모님이 재혼을 한다면 파파에 해당하는 인물이 두 명 있어도 이상하지 않다.

만약 전자의 의미라면 어쩐지 쇼크다.

딱히 연심을 품고 있는 것은 아니고, 외모 그대로의 청초한 누님이 아니란 건 계속 같이 일을 하다 보니 잘 알고 있었다.

그러나 그것은 그렇다 치고, 쇼킹한 것은 어쩔 수 없다. 아야세 양의 매춘 의혹을 들었을 때도 그랬지만, 아무래도 나는 이런 이야기에 면역이 없는 것 같네.

동정의 숙명이란 걸지도 모른다.

그렇게 몇 초 동안 끙끙거리고 있는데. 요미우리 선배가 한 방 먹였다고 말하듯 씨익 징그러운 미소를 지었다.

"거짓말이지롱."

"이 녀석……."

존댓말이 사라졌다.

"대학 친구들 중에 하는 사람이 있어서 이야기는 들었어. 대개 부자가 되는 사람은, 다른 사람을 의지하는 걸 잘한다고 하더라. 참고로 그 친구, 매주 만날 때마다 새 브랜드 명품을 들고 다니니까 신빙성이 높아."

"와우……."

대학생의 어둠을 엿본 것 같아.

요미우리 선배의 이야기가 아니라 다행이군.

"뭐, 어쨌거나. 이런 책을 의지하기 전에, 가족에게 의지하는 마인드를 익혀보지 그래?"

윙크를 하며 고마운 조언을 남긴 그녀는, 그 타이밍에 찾아온 손님의 계산 대응을 시작했다. 청순가련한 문학소녀 스마일로 접객을 하는 옆모습을 보면서, 나는 골라온 책의 표지를 힐끔 보았다.

결국, 나는 그날 아르바이트 끝나고 한 권도 책을 안 사고 귀가했다.

"다녀왔어, 아야세 양."

"어서 와, 아사무라 군."

귀가한 나를 맞이해준 것은 평소처럼 드라이한 무표정의 의붓 여동생과, 코를 매만지는 자극적인 향신료 냄새였다.

거실에 가자, 주방 안에서 작업을 하는 아야세 양의 모습이 보였다. 학교에서 막 돌아온 걸까? 아니면 교복을 안 갈아입고 시간을 보낸 걸까? 교복 위에 앞치마를 두르고, 커다란 냄비를 국자로 휘젓고 있었다.

"알바 수고했어. 밥부터 먹을래?"

"고마워. 그릇, 준비할게."

"앗, 그 정도는 안 해도 되는데. 일하느라 지쳤잖아."

식기 선반에서 몇 갠가 그릇을 꺼내는 나에게 아야세 양이 말했다.

어쩐지 남매라기보다 신혼부부의 대화 같네. 내심 쓴웃음을 지었다. 도저히 입 밖에 낼 수 없는 생각이군.

그런 식으로 공동 작업(이라고 부르기에는 내가 한 일이 별 볼일 없긴 하지만)을 통해, 나와 아야세 양은 저녁 식사 준비를 완료하고 마주 앉아 식사를 시작했다.

오늘 메인 디시는 카레.

동글동글한 덩어리처럼 잘린 채소를 듬뿍 사용해서, 언뜻 봐도 건강에 좋아 보였다.

여기에 샐러드까지 있으니 두려울 정도로 배려가 세심하다.

채소와 스파이스가 잘 얽힌 그것을 입에 넣은 순간, 나는 눈을 부릅떴다.

"맛있어……!"

"그래? 그럼 다행이네."

순순히 입에서 절찬이 흘러나왔다.

실제로도 칭찬하는 말을 일부러 찾을 필요도 없을 만큼, 카레는 맛있었다.

시판되는 카레를 그냥 매뉴얼에 따라 만들기만 한 요리가 아니었다.

몇 종류의 스파이스를 쓰고, 채소를 익히는 시간부터 신중하게 계산하지 않으면 이 정도로 기분 좋은 식감은 나오지 않는다. 쌀밥도 특수하게 지었는지, 질지 않고 알알이 흩어져서 놀랄 정도로 먹기 좋았다.

아야세 양의 반응은 담백했지만, 그래도 나쁜 기분은 아닌가 보다. 어쩐지 입가가 올라간 채 자기도 카레를 입에 넣었다.

혀에 매콤한 맛이 닿은 순간 살짝 일그러진 눈썹의 형태를 통해, 인형같이 드라이한 그녀도 분명히 살아있는 인간이라고 실감할 수 있었다.

"설마 이 정도로 본격적인 카레가 나올 줄은 몰랐어."

"그래? 나로서는 70점 정도인데."

"아직 더 위 단계가 있어?"

"고기에 밑간을 할 시간이 없어서, 그건 좀 건성으로 했어. 미안해."

"밑간?"

익숙지 못한 단어를 앵무새처럼 반복해 버렸다.

"어, 진짜? 설명 필요해?"

"정말로 요리의 소양이 제로거든……. 고기 양면을 굽는 것 정도는 알고 있는데."

그래도 그녀가 보기에 내 요리 지식은 이세계인과 큰 차이가 없을 거다.

「뭐, 됐어」라며 그녀가 말하더니, 간단히 해설을 시작했다.

"시판되는 고기를 그대로 쓰면 맛이 별로거나, 냄새가 강해. 소금이나 후추, 마늘 같은 걸 여러모로 써서 시간을 들여 밑간을 해두면 맛이 스며들어서 맛있어져. 나중에 소금을 잔뜩 쓰지 않아도 되고, 결과적으로 절약이 되기도 해."

"오오…… 생활의 지혜다."

"인터넷에서 본 지식이야. 대략적으로는 레시피 사이트에서 공부했어."

누가 지도를 해준 게 아니라 독학으로 익혔다고 그녀가 덧붙였다.

「혼자서 살아갈 셈이다」라는 말이 그냥 말뿐이 아니라는 게 느껴졌다.

그런 그녀에게 뭐라고 말해야 할까 생각하면서, 나는 입을 열었다.

"단시간에 돈을 버는 방법 말인데."

"응. 그쪽도 조사를 해줬구나."

"하지만, 솔직히 성과가 아무것도 없어. 맛있는 밥을 만들어줬는데, 미안."

"……그렇구나. 뭐, 그렇게 간단하지는 않겠지."

아야세 양의 어깨가 조금 내려갔지만, 생각보다 풀이 죽은 분위기는 아니었다.

아마 그녀라면 나를 의지하기 전부터 스스로 정보를 모았을 거다. 안전한 고액 아르바이트 같은 게 거의 없다는 것 정도는 처음부터 알고 있었겠지.

"근데 부자가 될 수 있는 인간의 특징 같은 건 들었어."

"흐음~. 그거, 조금 재밌겠다."

"나도 들었을 때는 아~ 그렇구나, 싶었다니까."

그렇게 서론을 띄우고, 나는 요미우리 선배에게 들은 능숙하게 다른 사람을 의지하는 것의 소중함을 이야기했다.

이야기를 들은 아야세 양의 눈에 호기심의 색이 깃들었다.

"아사무라 군, 사이 좋은 여자 있었구나."

"어, 그거?"

"아아, 미안미안. 조금 뜻밖이었거든. 그래서."

"혹시 나 바보 취급받은 거야?"

"미안하다니까."

동정 취급을 받는 것에 불만을 표하자, 아야세 양이 쓴 웃음을 지었다.

참고로 지금까지 인생에서 여성과 육체적으로 접촉한 일은 전혀 없었다. 아야세 양의 예상은 뭐 딱히 틀린 건 아니다.

"분명히 여성 혐오증이라고 생각했거든."

"아니, 딱히 그렇진 않은데. 오히려 어째서 그렇게 생각한 거야?"

"나랑 비슷한 처지니까, 어쩐지 비슷하지 않을까 해서."

흐음~. 아야세 양은 여성 혐오증이었구나?

……이런 잠꼬대를 할 생각은 없다.

처지가 비슷하다는 말로 짐작해보면, 아마 부모님의 불화를 보았을 거라는 이야기를 하는 거겠지. 그녀는 분명 친아버지에게 좋은 감정을 품지 못하고 있으며, 그래서 나도 마찬가지라고 생각했을 것이리라.

절반은, 정답이다.

실제로 나는 친어머니가 거북했다.

"하지만, 그건 그거지. 특정한 누군가가 거북하다고 해서, 여성 모두를 싫어하지는 않아."

"그래. 멋지네."

감탄한 것처럼 말하는 아야세 양에겐 그렇게 계속 이야기하고 싶은 화제가 아니었는지, 가볍게 흘리며 말을 이었다.

"그럼 뭐 일단, 응원할게."

"……뭘?"

"스타일 좋고, 마음씨 좋은, 문학소녀 언니잖아?"

"그렇긴 한데."

"아사무라 군이랑 어울린다고 생각해."

"으음……."

살짝 놀리는 것처럼 웃으며 그렇게 말하자, 나는 무심코 표정을 찡그렸다. 요미우리 선배는 분명히 미인이고 마음씨 좋은 거유 누님이긴 하지만, 한편으로 내심 무슨 생각을 하는지 알 수가 없는 방심할 수 없는 상대이기도 하다. 기본적으로 정신적인 마운트 포지션(그러니까 놀리기)을 점하고서 커뮤니케이션에 들어가기 때문에 이쪽에 여유가 있을 때는 괜찮지만, 지쳐 있을 때 그녀와 이야기하는 건 좀 피곤하다.

"왜 싫은 기색이야? 방금 그 얘기. 나도 그렇구나 하고 생각했어. 굉장히 머리 좋고, 멋진 사람 같은데."

"그걸 부정하지는 않겠는데."

애매하게 피하면서 입을 다물었다.

사귀면 지칠 것 같다는 진심은, 여자한테 들려주기에는 최악의 발언 같았다.

"하지만, 난처하네."

아야세 양이 스푼을 놓고 중얼거렸다.

"그 사람이 말하는 건 옳지만, 그래도 나는 자립하고 싶다고 생각해."

"꽤 서두르네. 나랑 아버지는 의지할 수 없어?"

"아니. 아사무라 군도, 새아버지도 굉장히 좋은 사람이고, 의지할 수 있을 거야. 하지만—."

잠시 뜸을 들이며 그녀는 말을 이었다.

"—두 사람이 나쁜 사람이었다면, 좀 더 마음이 편했어."

"그건, 무슨……."

"미안. 이런 말을 해도, 난처하겠지. ……잘 먹었습니다."

말실수를 한 것 마냥 눈을 가늘게 뜨고, 아야세 양은 아직 조금 음식이 남아 있는데도 서둘러서 자기 식기를 정리하기 시작했다.

도망치듯 주방으로 도망치는 그녀의 등에 말을 걸려다가, 마음을 고쳐먹고 말을 삼켰다.

아직 남매가 된 지 며칠 안 지났지만, 그래도 지금 그녀가 더 이상 대화를 바라지 않는다는 것은 여성 경험이 빈약한 나도 이해할 수 있었다.

오늘 밤은 꾸물거리는 마음이 해소되지 않은 채 침대에 들어가게 되리라 각오하고 한숨을 쉰 뒤, 남은 카레를 목으로 흘려 넣었다.

아주 맛있다. 하지만 그 매콤한 맛은 마음속 응어리를 풀어내기에는 부족한 것 같았다.

"나 오늘 제대로 잘 수 있을까……."

—결론부터 말하자면, 그날 나는 문제없이 잠들 수 있었다.

왜냐하면, 취침 전에 드물게도 아야세 양이 방에 찾아와 침대에 있는 나에게 어떤 것을 주었기 때문이다.

"이건?"

"내 아로마 캔들이랑 수면 마스크. 아까 의미심장한 말을 했잖아. 신경 쓰여서 잠을 설치면 미안하니까."

고지식하기도 하지.

드라이하고 무표정하며 서투르지만 그 행동에서 그녀 나름의 배려를 엿보고, 아야세 사키라는 인간의 존재가 한층 더 현실감이 늘어난 것 같았다.

●6월 10일 (수요일)

하루의 일을 일기 따위에 적을 때, 아침의 등굣길 풍경을 특별히 기술하는 일은 거의 없다. 변화가 적고 재미도 없는 루틴은 기억에서 자동으로 사라지기 때문이다.

반대로 말하자면 강렬하게 기억에 남는 일, 특필할만한 이벤트가 있으며 이야기할 가치가 있는 경우는 당연히 이렇게 적을 것이다.

「아침의 등굣길에서 있었던 일이다.」……라고.

오늘이 그 날이었다.

내 통학 방법은 대개 두 종류인데, 걸어서 혹은 자전거였다.

집에서 스이세이 고교까지 걸어서 갈 수 없는 건 아니지만, 역시 자전거가 빠르고 편하다. 수업 끝나고 곧장 알바하러 직행하기 위해서도, 자전거를 쓰는 일이 많다.

그러나 예외도 있으니, 날씨가 안 좋을 때는 걸어간다.

태풍이 오거나 눈 내리는 날은 당연하고, 비가 내리거나 아직 내리지 않아도 일기예보에 따라서는 무리하지 않고 걸어간다.

예전에 비를 맞으면서 자전거를 탔다가 상당히 독한 감기에 걸린 적이 있었다. 같은 잘못은 두 번 다시 저지르지 않는다. 그 굳은 결심을 가슴 속에 품고, 나는 비 내릴 위험이 있는 날은 접이식 우산을 챙겨 도보로 통학하고 있었다.

그리고 오늘 아침의 일기예보는 강수 확률 60%. 회색 구름이 뒤덮은 갑갑한 하늘 아래, 평소에는 상쾌하게 달려가는 길을 나는 조금 빠른 발로 걸어갔다.

문득 시선이 멎었다.

교차로에서 신호가 바뀌는 걸 기다리는 사람들 가운데, 선명한 금발이 눈에 들어왔다.

아야세 양이다. 이젠 뒷모습으로도 판별할 수 있다.

그녀는 귀에 이어폰을 끼었고, 코드가 교복 안쪽에서 뻗어 있었다. 주머니에 넣어둔 스마트폰으로 음악이라도 재생하고 있는 모양이다.

체육 시간에도 비슷한 스타일이었는데, 그녀는 음악을 좋아하는 걸까?

갸루라는 생물은 어떤 음악을 듣는가? 완전히 다른 인종인 내가 알 리 없었다. 설마 애니송이나 서양 음악 말고는 리스트에 없는 나랑 취미가 맞을 것 같지는 않았다.

말을 걸까 한순간 생각했지만, 금방 그 생각을 집어넣었다.

일부러 집을 나서는 시간을 나눈 것은, 학교에서도 남매 관계를 끌고 가지 않기 위해서였다.

부모님의 재혼 전과 마찬가지로 일상의 연장선상에 자신들을 두기 위한 규칙.

같은 학교의 학생이 볼지도 모르는 통학로에서 말을 거는 것은 굳이 따지자면 규칙 위반 같았다.

신호등이 파란색이 됐다. 사람들은 움직이지 않는다. 나도 움직이지 않는다.

아야세 양만, 움직였다.

움직여버렸다.

"아야세 양!"

"어?"

음계를 달려나가듯 커다래지는 엔진 소리와 경적이, 내 머릿속에서 규칙 따위를 깔끔하게 지워버렸다.

느긋하게 이야기할 시간이 없다. 1초라도 늦으면 안 돼. 그런 생각조차도 **행동한 다음에야 발생했다.**

"……웃!"

그녀의 팔을 힘차게 당기자, 갑작스런 체중 이동에 견디지 못한 그녀는 뒤로 비틀거렸고.

평균적인 운동신경과 근육밖에 없는 내가, 만전이라고 부르기 어려운 자세로 성인 여성과 비슷한 체중을 받아낼 수 있을 리 없었다.

나와 아야세 양은 함께 횡단보도 바로 앞 도로에 엉덩방아를 찧었다.

그런 우리들의 눈앞을, 빨간 신호에서 대형 차량 하나가 통과했다.

구사일생. 농담이 아니라 1초 앞에 죽음이 보였다.

"…………."

"…………."

말없이 마주 보는 나와 아야세 양.

시간이 무거운 초침을 앞으로 밀어내자, 피부에서 땀이 솟아오르고 숨이 흐트러졌다.

주위의 통행인이 걱정스럽게 바라보는 가운데, 내가 일어서서 아야세 양의 손을 쥐고 끌어당겨 일으켜 세웠다.

"잠깐. 이쪽. 이쪽에 와줄래?"

"어…… 아…… 응."

교차하는 다른 사람의 시선이라는 그물망을 헤치고, 아무도 보지 않는 골목 뒤로 그녀를 데려갔다.

이제부터 내가 하려는 것은 아야세 양에게는 창피한 일이다. 그것은 결코 사람들 앞에서, 남들 눈에 보여줘야 할 일이 아니라고 생각했다.

오른쪽. 왼쪽. 고개를 움직여 사람이 없는 걸 확인하고서, 나는 드디어 아야세 양을 정면으로 바라보며 입을 열었다.

"지금 그건, 옳지 않아."

조용한 어조로, 하지만 확실하게 말했다.

나는 진짜 오빠가 아니다. 잘났다고 설교할 수 있는 입장은 아니다.

그래서 의붓 여동생에게 불량학생 의혹이 있든, 원조 교제의 소문이 돌든 주의를 주지 않았다.

다른 사람에게 무슨 말을 해도 괜한 참견. 쓸데없이 개입하는 짓은 절대 하고 싶지 않다고 생각했다.

아야세 양도 그런 깊숙한 관계를 바라지 않을 거라고 생각했다.

하지만 이것만큼은 넘어갈 수 없었다.

"죽을지도 모르는 행동은, 아무리 그래도 무시할 수 없어. 그건, 좋지 않아."

"……미안해."

조용히 타이르는 나에게, 아야세 양이 당황한 듯 갈라진 목소리로 말했다.

그 기죽은 태도에 나는 퍼뜩 정신을 차렸다.

"아…… 음. 이쪽이야말로, 미안해. 괜히 잘난 것처럼."

"아, 아니야. 이건, 내가 잘못했어."

"어째서 도로에 들어간 거야? 차가 굉장한 소리 내면서 오고 있었는데, 그게 보이니까 신호가 바뀌어도 아무도 안 움직였는데."

"소리에 집중하다 보니까…… 조심성이 없어서 미안."

"음악? 그러고 보니 수업 중에도 들었었지. 좋아하는 건 상관없는데, 아무리 그래도 도로에서는 자중하는 편이 좋지 않아?"

결국 입에서 설교가 흘러나와 버렸다. 뭐 하마터면 죽을 뻔했으니까, 이 정도는 말해도 될 거야.

"아~, 음악이 그게…… 엇."

문득 뭔가 깨달았는지, 아야세 양이 귓가에 손을 댔다. 허공을 삭 가르는 손.

그곳에 있어야 할 것이 없는 걸 깨닫고, 황급히 몸을 둘러보았다.

나도 지금 드디어 깨달았다.

한쪽 귀에만 달린 이어폰 헤드. 다른 한쪽은 귀에서 빠져, 코드가 달랑 늘어져 있었다.

그리고 아야세 양의 주머니 속에서 음악—이 아니라, 외국인 여성이 영어로 뭔가 차분하게 말하는 목소리가 흘러나오고 있었다.

"영어회화?"

"……따, 딱히 상관없잖아."

교복 주머니를 위에서 누르고, 그녀는 찌릿 나를 노려보았다.

어째선지 그녀의 얼굴이 빨개졌다.

"그럴 상황이 아니라고 생각하는데…… 혹시, 부끄러워?"

"……."

한순간 어깨를 떤 다음, 그녀는 얼굴에서 스윽 표정을 지웠다.

둘은 뒷골목에서 나와 횡단보도로 돌아가서, 이번에는 신중하게 좌우를 확인하여 다가오는 차가 없는 것을 본 뒤에 횡단보도를 건너기 시작했다.

평정을 꾸미고 있지만, 그녀의 귀에서는 여전히 붉은 빛이 감돌았다.

"영어, 익히고 싶구나?"

"……왜 따라오는데?"

"그야, 나도 같은 방향이니까."

다른 뜻이 없어도 그녀를 따라가는 형태가 되는 건 필연이었다.

그렇지만 실제로 다른 뜻이 있었다.

방금 죽을뻔한 위기를 넘긴 탓에 심장이 격하게 뛰어, 평소의 냉정한 판단력을 빼앗긴 걸까? 나는 아야세 양에 대해 신경 쓰게 되는 감정을 잘 제어하지 못하고 있었다.

어쩌면 이건 일종의 구름다리 효과일지도 모르지만, 지금은 일단 가슴 속에 생긴 호기심을 해소하지 않을 수가 없었다.

아야세 양도 딱히 거절할 생각은 없는지,「흐응. 뭐 상관없지만」라며 중얼거리더니, 그대로 일정한 페이스를 유지하면서 타박타박 걸었다.

"그냥 공부의 일환이야."

"응? 무슨 얘기?"

"아사무라 군이 물어봤잖아. 아까 듣고 있던, 영어회화 교재."

찌릿 노려본다.

방금 그 화제는 무시당했다고 생각했는데, 아무래도 아야세 양은 말해줄 생각이 들었나 보다.

"수험공부?"

"그것도 있고, 그다음도 생각해서일까?"

"취직도 내다보는 거구나."

"국내만 고집할 시대도 아니잖아."

내가 말하면 요미우리 선배에게 야유를 받을 만한 말이지만, 아야세 양이 말하자 묘하게 그럴듯했다.

"하지만, 그런 거라면 부끄러워할 필요 없잖아."

"백조 행세를 하는데 수면 아래서 허우적대는 발을 들켜버렸잖아. 당연히 창피하지."

"아⋯⋯. 그것도, 무장?"

"응. 무장."

자립한 강한 여자가 되기 위해 불량한 금발 갸루의 외모를 꾸미고 있다고 그녀는 전에 말했다.

체육 시간에 듣고 있던 것도 아마 같은 교육용 음성이었을 것이다. 땡땡이는 좀 그렇지 않나 생각하지만, 분명히 체육 평가는 수험 점수와는 아무 관계도 없고, 구기 대회의 연습은 즐거운 추억을 만드는 것 말고는 의의가 있는 것 같지도 않다.

아야세 양이 그 시간을 낭비라고 판단하여 음성 교재를 이용한 공부 시간으로 삼고 있다면, 학업도 일도 뭐든지 완벽히 해내는 강한 인간이 된다고 말한 것과도 일치된다.

그녀에 대해서는 알면 알수록, 여기저기 흩어진 퍼즐 조각이 올바른 위치에 돌아가는 기분이 들었다.

큰길을 벗어나 빌딩의 무리가 등 뒤로 멀어지고, 익숙한 학교의 모습이 보이기 시작한다.

사람들의 모습도 남녀노소가 뒤섞인 잡다한 느낌이 아니라, 같은 교복, 같은 나이대로 통일된다. 등교 러쉬 시간대였다.

잘 아는 얼굴은 없지만 입시명문에 어울리지 않는 아야세 양의 패션은 눈길을 끄는지, 힐끔거리며 이쪽을 보는 시선이 느껴졌다.

"다른 사람한테는 말하지 마. ⋯⋯그럼 또 봐."

짧게 말하고서, 아야세 양은 걷는 속도를 올렸다.

호기심에 찬 시선이 성가셨던 걸까? 최대한 그녀의 상냥함을 믿는다면, 나에게 폐를 끼치고 싶지 않은 걸지도 모른다.

뭐, 어느 쪽이든 마찬가지다. 여기서부터는 약속을 지키자. 학교에서는 타인의 거리감으로.

"응, 알았어."

아야세 양의 등에 나는 그렇게 대답했다.

대답은 기대하지 않았다.

물론, 좋은 의미로.

아침부터 상당히 농후했던지라, 마치 하루가 끝난 것 같은 피로감을 맛보고 있었다. 그러나 유감스럽게도 이것은 이야기가 아니라 현실. 오늘은 이벤트를 충분히 보냈으니 작가의 의사로 시간을 스킵하여 다음날이 된다, 같은 그런 고마운 전개가 기다리고 있지 않았다.

농후한 하루는 끊임없이 이어지고, 나와 아야세 양의 텐션이나 감정과는 상관없이 학교에서 둘의 거리가 또다시 가까워지는 때가 온다.

체육 시간이다.

오늘은 1교시이며, 여전히 구기 대회 연습이다. 오늘도 지난번과 같은 테니스 코트.

그러나 지난번과 다른 점이 한 가지 있었다.

"으랏차아아아아앗!"

"잠깐 마아야, 너무 높이 쳤어."

근처의 코트에서 들리는 나라사카 양의 시끄러운 기합 소리에, 냉정한 태클을 거는 여학생.

그것이 이름도 모르는 누군가에서, 잘 아는 의붓 여동생으로 바뀌어 있었다.

지난번에는 철망에 등을 맡기고 음악 — 인가 했지만, 사실은 음성 교재 — 을 듣고 있던 아야세 양이, 오늘은 친구와 랠리를 하고 있었다.

아침에 들으며 걷다가 죽을뻔했기 때문일까? 어떤 심경의 변화인지는 모르지만, 체육복으로 갈아입은 그녀는 활발하게 코트를 뛰어다니며 화려한 플레이를 보이고 있었다.

"—마·············무라."

고무줄로 한데 묶은 긴 머리칼이, 그녀의 움직임에 맞추어 마치 서러브레드의 꼬리처럼 아름답게 나부꼈다.

드러난 팔, 허벅지, 위에서 아래까지 탄탄한 육체가 약동하고, 낭비가 적은 움직임으로 휘두른 라켓이 날카롭고 정확하게 타구를 돌려주었다.

"—야······마······ 눈, 팔지 마······사무라!"

초보자가 보기에는 프로와 차이점을 알 수 없을 정도의 완벽한 움직임에, 수많은 주목이 집중되는 것을 알 수 있었다. 절찬 시선을 빼앗기는 중인 내가 말할 건 아니지만, 수업에 집중하지 않고 여자에게 정신이 팔린 녀석은 반성해야 한다고 생각했다. 일단, 나도 반성하고 있다. 반성하는 것으로 열람 허가가 나온다면, 기꺼이 반성한다. 그렇게 생각할 만큼, 그녀의 플레이는 가치가 있는 것으로 보였다······.

"얌마, 아사무라!"

"어? ……우왓!"

절친의 노성과 동시에 시야 구석에 둥근 그림자가 보인 순간, 반사적으로 얼굴 옆에 라켓을 두었다. 라켓의 표면에 볼이 충돌하고, 그 기세에 밀려 라켓의 뒷면이 가볍게 이마를 때렸다.

꽤 아프다.

"어디에 한눈을 파는 거야. 야구보다는 낫지만, 머리 맞으면 이것도 위험하다고."

달려온 남학생― 절친인 마루 토모카즈가, 통통 발치에 굴러가는 볼을 줍고는 기가 막힌 표정으로 자신의 두꺼운 어깨를 라켓으로 두드렸다. 멋 부리는 동작이다. 운동신경이 좋은 이 남자가 하면 평범하게 잘 어울려서 또 짜증 난다.

참고로 소프트볼에 참가하는 마루가 어째서 테니스 코트에 있는가 하면, 축구 참가자와 연습 장소를 교대로 사용하기로 약속했기 때문에 두 번에 한 번은 어느 쪽인가가 다른 경기에서 놀게 되었기 때문이다.

연습 장소가 한정되는 경기라서 생기는 고민이지만, 연습 부족이 되기 쉬운 조건이라서 야구부의 마루 같은 현역부 활동 소속자의 참가가 허용된다는 측면도 있다.

"미안미안. 생각을 좀 하느라."

"여자한테 한눈 팔렸던데."

"정답을 너무 맞춰서 미움받은 적 없어?"

"있겠지만, 이게 내 진짜 모습이라고. 내 자연스러운 모습을 싫어하는 녀석 따위, 알 바 아니지."

과연 1군 포수. 강자의 풍채다.

마루는 여자애들이 화기애애하게 볼을 치고 있는 쪽에 힐끔 눈길을 보냈다.

"아야세냐? 관두라고 말했잖아……."

"아니야."

보고 있던 것은 분명히 아야세 양이지만, 피가 섞이진 않았을지라도 여동생이다. 신경 쓰이는 상대라거나 좋아하는 사람이라거나 그런 대상이 아니란 의미에서 한 말을, 마루는 다르게 포착한 모양이다.

"그러면 나라사카야? 그쪽은 뭐 나쁘지 않네."

"아니, 그러니까 애당초 그런 게 아니라고."

"신경 쓰지 마라, 아사무라 소년. 나라사카는 추천이야. 활기차고 밝고 사교적, 성적도 우수하고, 모의시험에서도 와세다 A판정. 인품의 평판도 좋아."

"너무 잘 아는데."

"아야세하고는 반대 의미로 정보가 듬뿍 흘러 들어오는 녀석이야. 유일한 난점이 있다고 하면, 노리는 남자가 너무 많아서 경쟁률이 너무 높다는 것 정도군."

나라사카 양에 대해 말하는 마루가 괜히 빠른 말투로 느껴지는 건 기분 탓일까?

안경 안쪽의 무뚝뚝한 눈동자를 봐도 본심을 읽을 수가 없다. 어쩌면 좋아하는 게 아닐까 한순간 생각했지만, 이 절친이 여자에게 정신이 팔리는 모습을 상상할 수 없으니 일단 생각하지 않기로 했다.

"전혀 그런 눈으로 안 봐. 설령 본다고 해도, 그 경쟁에 는 못 이길 것 같고."

"하하하. 그럴지도 모르지."

"친구라면 커버해줘도 좋지 않아?"

"나라사카는 챙겨주기 좋아하는 타입이니까. 저렇게 반 에서 붕 떠 있는 아야세를 불러서, 페어를 짜는 거지."

"성실하고 견실한 타입을 좋아할 것 같은데."

"반대야. 저런 녀석은, 보살피는 보람이 있는 글러먹은 놈한테 끌린다니까."

"그러면 오히려 나한테도 승산 있는 것 같은데."

"……진심으로 하는 말이냐?"

마루가 제정신인지 의심스럽다는 눈으로 나를 본다. 나 로서는 솔직하게 떠오른 말을 한 것뿐인데, 어째서 그런 표정을 짓는지 알 수가 없다.

"아사무라. 넌 자신이 생각하는 만큼 글러먹은 인간 아 니거든."

"자신이 생각하는 이상으로 글러먹었다고?"

"너무 비굴하잖아……."

얼버무리는 쓴웃음을 짓는 나에게, 마루가 큰 한숨을 쉬었다.

이어서 나온 것은, 챙겨주기 좋아하는 마누라 같은 잔소리였다.

"또래 중에서는 눈에 띄게 똑똑하잖아. 머리 자체도 좋고."

"으, 으~음. 너무 그렇게 스트레이트로 칭찬을 해도 기분이 미묘한데."

"안심해라. 지금은 네가 나라사카의 취향이 아닌 이유를 얘기하는 거니까. 굳이 따지자면 헐뜯고 있지."

"칭찬하든 헐뜯든, 스트레이트 외에 다른 접근을 시도해 보지 않을래?"

말을 포장하지 않는 것이 마루의 특징이긴 하지만, 조금만 봐주면 좋겠다.

물론 나는 딱히 나라사카 양과 사귈 가능성이 있든지 없든지, 아무런 상관없지만.

".......................응."

그렇게 여자들 쪽을 보면서 소근소근 이야기를 하고 있자니, 시선을 깨달았는지 아야세 양이 문득 이쪽으로 눈길을 보냈다. 한순간 나와 눈이 마주쳤지만, 금방 시선을 돌렸다. 영리하군. 장시간 마주 보면 다른 학생들이 관계를 의심할지도 모르니까, 행동은 그게 정답이다.

그러나 그 자연스러운 찰나를, 눈썰미 좋게 감지하는 자도 있었다.

나라사카 양— 나라사카 마아야, 바로 그 사람이었다.

챙겨주기 좋아한다는 그 평판도 이해할 수 있었다. 그 뿌리에는 그녀의 날카로운 관찰력이 있을 것이다. 시야 끄트머리에 스친 정도일 텐데, 아야세 양의 행동을 깨닫고 더욱이 내 시선을 감지한 것처럼 힐끔 이쪽을 살폈다. 그리고 아주 약간 고개를 갸웃거렸다. 그 동작은 마치 다람쥐나 프레리독 같았다. 확실히 귀엽다. 급우들의 평가도 납득이 갔다.

근데 나는 언제까지 보고 있을 거냐. 기껏 아야세 양의 배려가 가득한 행동이, 이래서는 소용없어지잖아.

황급히 시선을 엉뚱한 방향으로 돌렸다.

"그런 눈으로 안 본다고 하지 않았었냐?"

"정말로 그런 거 아니라니까."

"흐으음. 그러냐? 아사무라도 남자라는 거군."

"그 말투는, 오해도 문제도 있는 것 같은데."

"남자 고교생의 흔해빠진 욕정이구만."

"워드의 초이스에 영혼이 떨리는걸!"

"물론, 네가 그런 욕정을 함부로 드러내는 녀석이라고 생각하진 않아. 그러니 안심해라. 네 마음속은 너만의 것. 자유다."

이거, 다 알면서 하는 말이지? 분명해.

"하아. 아, 그러셔. 깊은 이해를 보여줘서 고맙다. 정말로 기쁘네."

깊은 한숨을 쉬면서, 어깨를 으쓱거렸다.

그렇지만 생각해 보니, 문제의 두 여학생이 내 시선을 깨달아 버린 모양이니 차마 자연스럽다고는 말할 수 없을 것 같네.

"이제 됐냐?"

"아~, 그래. 연습하자."

수업의 남은 시간은 어떻게든 집중력을 되찾아 연습에 힘을 쏟았다.

갈아입는데 시간이 걸리는 여학생 쪽은 수업도 빨리 마친다. 이후 옆 테니스 코트에 시선을 돌렸을 때는 텅 빈 코트 안에 줍는 걸 깜빡 한 노란 테니스 볼 하나만 덩그러니 떨어져 있었다.

종소리와 동시에, 잿빛 하늘에서 드디어 견디지 못한 은빛 물방울이 떨어지기 시작했다. 메마른 흙빛 코트에, 떨어진 빗방울이 짙은 갈색의 얼룩무늬를 만들었다.

"설마 비가 내리다니. 야, 달리자, 아사무라!"

마루가 이미 그 자리에서 발을 구르며 말을 걸었다.

"설마라니, 강수 확률 60%였거든? 설마가 아니잖아."

그렇지만 비 맞는 건 나도 싫기에 교실을 향해 나란히 달리면서 대답했다.

"40%면 충분하잖아. 4할 타자가 세계에 몇 명 있다고 생각하냐!"

"그 논리는 무리가 있지 않아?"

아니면, 야구부원이 보기에 충분히 날이 갤 가망이 있는 확률로 보인다는 걸까? 그런가, 같은 숫자라도 보는 사람에 따라 가치가 바뀐다는 거군. 아니, 이 생각은 역시 좀 이상해.

"아사무라, 얼른 달려! 거세지기 시작했다!"

본격적으로 내리기 전, 간발의 차이로 우리는 건물로 뛰어들었다.

뒤를 돌아본 마루가 하늘을 노려보았다.

"안 그치네. 이건. 오늘은 안에서 웨이트구만……."

커다란 몸을 움츠리면서 재채기를 했다.

이미 교정 구석구석까지 짙은 갈색으로 물들어 있었다. 세찬 비가 내리자, 마치 안개가 낀 것처럼 풍경을 흐릿하게 만들었다. 세찬 빗소리가 세상의 모든 소리 같았다.

"벌써 6월이니까."

"설령 장마라도 4할은 4할이잖아. 좀 잘 때리라고."

"그건 억지야."

흐르는 구름은 짙은 회색이고, 마루가 방금 말한 것처럼 간단히 그칠 것 같지 않았다.

역시나 우산을 가져오길 잘했다고 생각했다. 비를 맞지

않고 돌아갈 수 있겠어.

　그때는 그렇게 생각했다.

　수업이 끝난 뒤. 물론 비는 안 그쳤다.

　예상했던 그대로다. 기쁘진 않다. 비를 안 맞았으면~ 하는 예상은 꼭 맞는단 말이지. 세상은 머피의 법칙으로 가득하다.

　다행히 오늘은 알바를 쉬는 날이라 시부야 역까지는 갈 필요가 없었다. 곧장 집으로 돌아가는 게 좋겠네. 승강구의 신발장으로 가면서 그런 생각을 하고 있는데, 익숙한 뒷모습을 발견해 버렸다.

　비 내리는 하늘을 올려다보며 덩그러니 서 있는 소녀.

　회색 흐린 하늘을 배경으로 서 있으니, 밝은 머리칼 색도 좀 빛바래 보인다.

　아야세 양……이지? 설마 우산을 잊은, 건가? 거짓말이지? 확률 60%였는데. 설마 너도 타율 4할을 신봉하는 타입이었어? ……라는 무심코 태클을 걸고 싶어졌지만, 그제서야 생각났다. 그녀는 나보다 빨리 집을 나섰다. 내가 일기예보를 보고 있을 때, 이미 현관문 너머로 사라졌다.

　그런 그녀의 옆모습을 멀리서 바라보며 생각했다. 어쩌지?

　좌우에 시선을 돌려 확인했다. 오케이. 아무도 없다. 아무래도 다들 얼른 귀가를 선택한 모양이다. 현명하네.

가방을 열어, 바닥에 넣어둔 접이식 우산을 꺼냈다. 2단 접이식 우산은 접으면 편하게 가방에 들어간다. 짐이 되지도 않는다. 그렇기에 가지고 갈까 말까의 선택밖에 없었다. 인생은 선택의 연속이다. 이게 누구 말이었더라?

그녀가 놀라지 않도록, 조금 큼직한 발소리를 내며 다가갔다. 세 걸음 떨어진 곳에서 멈췄다. 거리감은 이 정도면 되겠지. 등 뒤에서 어깨를 두드릴 용기는 없다. 그리고, 동성이 아니니까 여자애 몸에 손을 대는 건 안 좋지.

가볍게 헛기침을 하고 입을 열었다.

"우산, 까먹었으면, 쓸래?"

그녀의 어깨가 움찔 떨렸다. 돌아보면서 흐르는 금색 머리칼. 천장에 있는 희미한 형광등 빛을 받아서, 나부낀 머리칼 틈으로 피어스의 은색이 순간적으로 빛났다.

멍한 눈동자가 이쪽을 보았다. 천천히 내 얼굴에 초점을 맞춘다. 무사히 재기동을 이룩한 OS처럼 아야세 양의 얼굴에 표정이 돌아왔다.

"어?"

눈동자가 동그래졌다. 그렇게 놀랄 일이야?

"혹시, 나 잊었어?"

"무슨 말이야, 아사무라 군."

"그건 이쪽이 할 말인데."

조금 불안했다고.

"그래서, 뭔데? 아직 학교 안인데 말을 걸다니."

"아~, 아니, 그게."

화내는 건 아니다. 그건 알 수 있다. 오히려 이건 의문스러워한다고 해야 하나. 지난 며칠간 그녀를 보면서, 나는 아야세 양의 표정으로 어느 정도 정보를 끌어낼 정도는 되어 있었다. 학교에서는 남처럼 행동하자고 정하긴 했다. 그러나 그렇다고 룰을 어긴 상대를 비난하는 것도 이상한 일이다. 켕기는 게 있는 것도 아니고. 다시 말해서 진짜로 오빠와 여동생이니까.

어쨌든, 그녀는 이성적 판단을 할 수 있는 이성과 지성을 가지고 있다. 그걸 고려해서「그래서, 뭔데?」인 것이다. 솔직히, 나도 살았다. 다소 매정하게 들렸다면, 그건 아침 일이 어색한 탓일 거라 생각한다. 그렇게 생각하고 싶다.

"우산, 깜빡했어?"

다시 한번 물어봤다.

"아, 응. 뭐…… 그렇긴 한데."

"4할이라."

"어? 그건 뭔데?"

고개를 갸웃거리면서, 힐끔 시선을 내 손의 우산으로 보냈다.

"어차피 같은 집으로 돌아가는 거니까 싶어서."

말없이, 비 맞을 바에는 사양하지 말고 들어오라고 하는 말이다. 전해지겠지.

아야세 양은 당황한 듯, 난처한 표정을 지었다.

"아…… 아니. 친구랑 만나기로 했거든. 부실에 용건이 있어서 들렀다 온다고 하길래. 그래서 우산은—."

"그러면—."

무심코 빠른 어조가 되어 버렸지만 잘라 말했다.

"이거 써도 돼. 나는 달려서 돌아가면 별로 젖지도 않을 거고. 그래서 우산은 없어도 돼."

아야세 양이 무언가를 말하기 전에, 나는 그녀의 손에 우산을 떠넘겼다. 급하게 신발을 신고, 빗속으로 뛰쳐나갔다.

저질렀다……. 그렇게 생각한다. 괜한 참견이었을까?

친구를 기다린다고 했다.

그 친구랑 같이 우산을 쓸 생각일지도 모른다. 그렇지만, 그런다고 비를 안 맞을지는 알 수 없다. 여자들 우산은 작으니까.

우산을 떠넘긴 순간에 본 아야세 양의 넋 나간 표정이 뇌리에 떠올랐다. 그런 일을 할 거라 생각도 못했다는 듯한 놀란 표정. 그 얼굴을 본 것만 해도, 괜히 참견한 보람이 있을지도 모르겠다고 생각했다.

또 하나, 지금까진 본 적이 없는 아야세 양의 얼굴을 보고 말았다.

이렇게 수정에 수정을 거듭하고, 간격 조정에 간격 조정을 거듭하여, 우리는 남매가 되는 걸까? 그런 생각을 하면서 달렸다.

몸을 때리는 6월의 비가 금방 교복 안까지 스며들었다. 등을 땀과 다른 차가운 액체가 미끄러져 떨어진다. 신발 안에 물이 고이고, 발이 땅바닥을 때릴 때마다 철퍽철퍽 불편한 감촉이 느껴진다.

은색 장막 너머 자택 맨션의 높은 모습을 봤을 때, 나는 묘하게 안도해 버렸다.

도어락을 열고 관리인실 옆을 빠져나가, 구석의 엘리베이터로 3층에서 내렸다. 물기를 머금어 철벅철벅 소리를 복도에 울리면서 문을 몇 갠가 지나자, 드디어 우리 집 문이 보였다.

열쇠로 열고 안에 들어가, 금방 불을 켰다.

오렌지색의 빛이 들어오고, 그제서야 나는 중얼거렸다.

"다녀왔어. ……아무도 없지, 참."

대답은 돌아오지 않았다. 침묵이 대답이었다. 아직 아버지도 아키코 씨도 돌아왔을 시간이 아니니까 당연하다. 진작에 익숙해졌다고 생각했던 감정이지만.

어쩐지 대답이 없는 것에 조금 쓸쓸함을 느꼈다.

식탁에 가방을 던져둔 나는 금방 목욕탕으로 직행했다.

욕실의 수도를 돌려서, 욕조에 데운 물을 담기 시작했

다. 이대로 15분 정도 방치한다.

그동안 나는 교복을 행거에 걸고, 젖은 옷을 세탁기에 던져 넣었다. 세제와 유연제를 넣고 세탁을 시작했다. 촤아아 물이 쏟아지는 소리가 들리고, 잠시 지나 우웅우웅 드럼이 돌기 시작했다.

"아차, 그랬었지."

옷을 준비해야지. 목욕하고 타월 한 장 걸친 채 방 안을 돌아다닐 순 없다. 이제까지는 당연했던 거지만, 지금은 안 좋다.

친남매였다면 신경 쓰지 않았을까? 아니겠지. 아무리 그래도 그건 아니다.

아닌 거 맞지?

욕조에 물이 절반 정도 차자, 나는 기다리지 못하고 물에 들어갔다. 그대로 몇 분간, 물이 몸의 표면을 기어 올라오는 것을 멍하니 기다렸다. 어깨까지 물이 도달했을 때 수도를 잠갔다.

따끈한 물이 몸에 조금 아프게 느껴진다. 6월의 차가운 비에 온몸이 완전히 식어 있었던 모양이다.

지친 나머지 한숨을 쉬어 버렸다.

열이 올라 멍한 머리로, 나는 아야세 양의 의뢰에 대해 생각했다.

수당이 좋은 고액 아르바이트라. 그녀가 식사를 만들어

준다고 한 이상, 기브 앤 테이크에 따라 나는 그녀를 위해 알바를 찾아줄 필요가 있었다.

기브 앤 테이크의 기브는 넉넉하게. 아야세 양의 말이 떠올랐다. 그걸 들어버린 이상, 나에겐 어리광 부린다는 선택지는 없다고 생각했다. 나도 동감이야, 아야세 양. 그러니까 이건 어떻게든 찾아야겠다.

"우~응……."

손바닥으로 별 의미 없이 물을 찰팍찰팍 때리면서 생각했다.

역시 요즘 시대는 취업보다는 창업을 하는 게 좋을지도 모른다. 고용되는 쪽보다 고용하는 쪽이 돈을 번다. 내가 골랐던 책의 띠지에도 적혀 있었지.

그렇다면, 유튜버나 우버 이츠로……! ……아니, 안되겠지. 응. 냉정해질 필요가 있겠어.

애당초 학생 신분으로 「창업」이라고 해도 감이 잘 안 온다. 회사를 세운다는 것에 대해서 나는 너무 모른다.

"사회의 구조, 장사의 구조를 알고 있는가 아닌가, 였지……."

마루가 말한 그대로다. 모르는 게 너무 많았다. 이래서는 고액 알바를 찾는 것도 무리일 것 같았다.

그러나 그렇게 되면 아야세 양만 식사 준비를 하게 되니까 공정하지 못하다. 그렇다면 교대로 나도 식사를 만들어야 한다.

근데 나는 아야세 양처럼 요리를 할 수 없단 말이지. 멍하니, 교복에 앞치마를 두른 그녀의 모습을 떠올렸다. 그 모습을 봤을 때 내 머리를 스친 감정은 「귀엽다」가 아니었다. 「모에」 같은 것도 아니었다. 아야세 양의 앞치마 모습은…….

그림이 된다. 그래, 이거다.

긴 머리칼을 뒤로 넘겨 목 뒤에서 끈으로 정리하고, 시선을 앞으로 둔 채 등 뒤에 돌린 손으로 앞치마 끈을 묶고 있었다. 그리고 어깨에 걸어둔 끈을 딱 한 번 꾹 손가락으로 당긴다. 그다음 순간에는 도마 위에서 식칼이 춤추고 있었다.

물 흐르듯 자연스런 동작은 아야세 양이 그 움직임을 몇 번이고 몇 번이고 반복했다는 것을 이야기해 주었다.

실제로 그럴 것이다. 그녀는 내가 편의점 도시락이나 배달로 때우고 있던 시간을 요리에 소비한 것이다. 그것도, 아마 자신을 위해서가 아니다.

아버지는 요리를 안 한다. 그러니까 내가 요리를 안 해도 신경 쓰지 않는다.

하지만, 아키코 씨는 그렇지 않았다. 아키코 씨가 첫날에 준비해준 요리를 보면, 그 사람이 가족의 먹거리를 가능하면 자기 손으로 만들려는 타입이라는 것은 쉽게 예상할 수 있었다. 그것 자체를 좋다 나쁘다 생각하지 않는다.

그저 그런 성격이란 것에 지나지 않는다. 설령 아키코 씨가 요리를 안 하는 성격이었다고 해도, 나는 전혀 신경 쓰지 않았을 거다.

다만 그 성격의 결과로 만약 아키코 씨가 없을 때 아야세 양이 가게 음식만 먹는다면, 아키코 씨는 어떻게든 아야세 양을 위해 요리를 준비했을 거라고 추측할 수 있다.

바쁜 어머니가 그러지 않도록 하기 위해서는, 어머니가 없을 때 스스로 요리를 만들 필요가 있었다. 그래서 요리를 익혔다. 아마도, 이것이 정답. 관찰과 사고. 그것을 거듭해 쌓으면, 상대를 그럭저럭 상상할 수 있게 된다. 물론 그것이 필요하다고 생각하지 않으면 전혀 생각하진 않겠지만.

"무장……이란 말이지."

그녀는 내가 도망쳤을 때, 계속 싸우고 있었다.

"고액 알바, 꼭 찾아주고 싶은데……."

사고가 원점으로 돌아왔지만, 그렇다고 뭔가 좋은 생각이 떠오른 것도 아니었다. 생각을 너무 했는지 머리가 뜨거워진다. 더위 먹을지도 몰라.

나는 욕조에서 나왔다. 비를 맞아 끈적이는 머리를 샴푸로 다시 씻어내고, 덤으로 몸도 씻고 목욕탕을 나섰다. 세탁기는 탈수를 마치고 건조 모드에 들어가 있었다. 약간 시끄러운 소리가 신경 쓰이지만 어쩔 수 없다. 뭐, 아직 신경 쓸 만한 시간도 아니다.

준비해둔 러프한 코튼 재질의 룸웨어를 입었다.

고민은 일단 제쳐두기로 했다. 목욕해서 나른함이 남은 몸에, 복도에서 흘러들어오는 에어컨 바람이 닿아서 기분이 좋았다. 기분이 좋아져서 콧노래를 흥얼거리며 거실에 들어갔을 때, 나는 집에 돌아온 뒤로 내가 에어컨을 애당초 켜지 않았다는 걸 그제서야 깨달았다.

거실에 있던 소녀 두 사람이 돌아보았다. 아야세 양과—.

나라사카 양?

어째서?

한순간, 내 머릿속이 새하얗게 물들었다. 그리고 깨달았다.

어, 나 지금…….

저질렀다—! 여동생이 있는 걸 잊고서 콧노래를 흥얼거렸다아—!

수치심이 나를 공격하며 상륙 작전을 결행했다. 결전에서 간단히 패배하고, 얼굴에 한 가득 열이 올라왔다. 다시 말해, 자각할 수 있을 만큼 나는 얼굴이 새빨개졌다.

그리고, 여동생인 아야세 양만 있는 게 아니다. 완전히 진짜 남인 나라사카 양까지 봤다고 할지 들었다고 할지, 아무튼 그렇잖아? 위험해! 백 번은 죽을 수 있다. 진짜 어떡하지?

손발 끝까지 마비된 것처럼 나는 움직이지 못하게 됐다.

한편으로 아야세 양은 입을 떡 벌리고 있었다. 「아」의 형태로 입술이 동그랗다.

"미안……. 마아야가 『사키의 새로운 집에 놀러 가고 싶어』라고 해서. 먼저 의논을 했어야 했는데, 아사무라 군의 LINE도 모르고 그래서……."

연락을 못했다. 그런 거겠지. 내 쪽으로 다가오면서, 살며시 말했다.

아니, 그렇게 사과를 하셔도.

양손을 마주 대고서 미안하단 포즈를 취하는 아야세 양. 이건 또 드문 일이네. 사이좋은 친구 앞이기 때문에 무심코 나와 버리는 행동일지도 모른다.

나라사카 양도 놀란 표정을 짓고 있지만, 금방 평소처럼 웃는 표정을 지었다.

"오~! 소문으로 들은 오빠다! 정말로 옆 반의 아사무라네~!"

엄청 활기찬 목소리였다.

"있잖아. 나 알고 있어? 사키한테 들었어?"

"어……. 그렇네요."

뭐라고 대답해야 할까.

"……친하게 지낸다고."

일단 무난하게 대답했다.

내 말을 들은 그 짧은 순간, 나라사카 양의 눈빛이 변한 것 같았다. 「아~, 친하게, 말이지」라고 작은 소리로 말한 건가? 입의 움직임만 봤으니 잘못 읽은 걸지도 모른다. 정색하기 직전 같은…… 그리고 좀 난처한 표정일지도? 아마, 내 쪽으로 다가온 아야세 양은 내 등 뒤에 있으니 안 보였을 거야.

하지만 나라사카 양의 그 표정은 한순간에 사라져 버리고, 흔한 표현이지만 활짝 꽃이 피는 것처럼 밝은 표정이 되었다.

"그러엄~! 엄청 친해! 그러니까 아사무라도 잘 부탁해! 아주 친하게 지내자~."

"그렇……네요. 이쪽이야말로, 잘 부탁해요. 그래서, 두 사람은 비 안 맞았어?"

창밖엔 아직 비가 내린다. 폭풍까지는 아니지만 바람도 꽤 불고, 창문에 흐르는 물방울이 대각선으로 움직이고 있었다.

"괜찮았습니다~! 둘 다 우산 있었으니까!"

"그랬나요."

"사키도 참. 까먹었다고 했으면서."

"가방 바닥에 있었어."

그런 걸로 한 모양이다. 접이식 우산이 남자 거라는 걸 확실히 알 수 있는 우산이 아니어서 천만다행이다.

"에잇에잇, 이 덜렁이 씨!"

"마아야가 말하면, 격렬하게 심인성 현기증이 나는데."

"또 어려운 소리! 요즘 그런 식으로 말하는 사람이 어딨어?"

"응? 이상해?"

"이상해! 뭐 괜찮지만."

소파에 힘차게 앉는 나라사카 양. 풀썩 화려하게 바운드하는 바람에 스커트가 훌렁 올라가버렸다. 그런 그녀의 예절 부족에 아야세 양이 한숨을 쉬었다.

"마아야. 속옷."

"앗!"

엄청나게 당황하여 몸을 일으키고 스커트를 억누르는 나라사카 양. 그러곤 지긋이 두 눈으로 나를 보았다. 안 보였어요. 애당초 그런 각도가 아니었다고요.

"사키, 이 집, 위험해."

"왜 갑자기 띄엄띄엄 말해?"

"남자가 있어!"

"아사무라 군이 여자로 보이진 않네."

"남자야! 남자!"

"그래서 뭐?"

"큰일 났어! 목욕한 다음에 팬티 한 장만 입고는 못 다녀!"

"애당초 안 그래. 그리고 이 녀석, 평소에 그러고 다녀?"

"안 해요. 숙녀니까요."

「흐흥」하며 어째선지 잘난 듯 웃음 짓는다.

"하지만, 흐응……. 사키도 말이야."

"뭐, 뭔데?"

"『이 녀석』같은 말 하는구나. 후훗."

입가를 느슨히 풀고 나라사카 양이 말했다.

"윽!"

아차, 하는 표정으로 고개를 돌려도 이미 늦은 것 같은 데. 완전히 방심했네. 얼굴이 빨개진 걸 알 수 있다.

"헤에~, 호오~, 흐응. 이야~, 이 아빠는 기쁘단다."

"너는 우리 아빠 아니잖아!"

무심코 나온 느낌으로 마아야 양에게 태클을 건다. 그렇 군. 평소에는 「이 녀석」같은 말은 안 쓰는구나.

"이름 부르는 것도 시간 걸렸다니까~."

"그랬어?"

"그럼~."

"기억 안 나."

"나는 분명히 기억하고 있어!"

"잊어도 되는데?"

"싫어!"

참 기쁜 기색으로 「싫어」라고 한다.

그러나 이것은 아마도 편안하게 불러준 것에 대해 기뻐 하는 게 아니다. 아야세 양의 진짜 모습을 보았다고 느꼈기 때문이리라.

세상에는 친해지는 것과 편하게 대하는 현상을 착각해서, 상대를 실례되는 호칭으로 부르는 걸로 사이가 좋다고 어필하는 녀석들이 있다. 그러나 실례되는 호칭은 그냥 실례되는 호칭일 뿐, 그 이상도 이하도 아니다.

아야세 양, 아사무라 군. 그렇게 부르는 것에 나와 아야세 양은 동의했다. 그것은 서로에 대한 정중한 호칭에 부정적인 느낌이 없기 때문이다. 그러면서 반말을 하는 거다.

그리고 나라사카 양도, 그것을 착각할 만한 사람으로 보이지 않았다.

아니, 약간 다른가. 거기까지는 지금 막 이야기를 해본 내가 알 수 있을 리 없었다. 다만, 나라카사 양이 그런 사람이었다면 아야세 양과는 아마 그녀를 집으로 부를만한 사이가 되지 않았을 거라 생각한다. 다시 말해서, 아야세 양이 집에 들였다는 결과로 추측했을 뿐이다. 다른 사람을 이해하기 위해 필요한 것은 관찰과 사고의 축적이다.

"그보다 말이야! 있지, 사키네 오빠야!"

"오, 오빠야?"

나라사카 양, 방금 전까지 나를 「오빠」, 「아사무라 군」이라고 부르지 않았나요? 갑자기 거리를 너무 좁히는 호칭을 듣고, 말을 철회하고 싶어졌다.

"오빠야도 참, 왜 그렇게 쑥스러워해!"

"아니, 나는 나라사카 양의 오빠가 아니고……."

"에이, 남도 아니니까 마아야라고 불러도 되거든!"

"안 불러요! 그리고, 저랑 나라사카 양은 어엿한 남이잖아요?"

"그런 작은 일에 집착하면 안 돼, 오빠! 불러주니까 기쁘지? 오빠야!"

"그렇지도 않아요."

그런 성벽인 녀석도 있겠지만, 나는 딱히 느끼는 바가 없었다. 나라사카 양이 조금 달콤한 보이스로 이렇게「오빠야」를 연달아 외치면 작은 동물이 잘 따를 것 같은 인상은 있지만.

그건 그렇고— 의외로 팍팍 밀어붙이네, 나라사카 양. 그 정도로 친구의 오빠한테 귀찮게 달라붙는 성격으로 보이진 않았는데.

"……그만해……."

희미한 목소리가 들렸다.

아야세 양이 고개를 숙이고 뭔가 참는 표정으로 중얼거렸다.

"으응? 왜 그래, 사키?"

"……끄러워."

"안 들려~."

"부끄러우니까 그만해! 네『오빠야』라는 말을 들으면, 등

줄기가 오싹거리면서 근질거린단 말이야! 그러니까 부탁해, 그만해!"

"아차, 이쪽이 먼저 꺾여버렸네."

아~, 그런 거였군.

"그러니까, 나를 놀리면서 아야세 양이랑 같이 신나게 놀고 싶었던 거네요?"

"아, 아하하하하! —정답!"

"정답, 이 아니고요."

정색한 표정을 지으며 나를 가리키지 말아주세요. 그리고 남에게 삿대질을 하면 안 됩니다.

"뭐, 오빠야로 노는 건 일단 여기까지 해두고."

"영원히 봉인해 주세요."

"이럴 수가, 아깝잖아. 있지, 사키도 같이 『오빠야~』하고 불러주자. 자, 같이, 하나~둘!"

"절대로 안 해!!"

"갑자기 남매가 생기는 인생의 재미난 이벤트인데? 잘 활용해야지~."

"마아야, 인생 게임의 이벤트 카드를 뽑은 것처럼 말하지 마. ……뭐 하는 거야?"

나라사카 양은 테이블 아래 놔둔 자기 스포츠 백을 열더니 뭔가를 꺼내고 있었다.

"이거이거. 이걸로 놀자!"

"게임기?"

"나라사카 양, 학교에 게임을 가져가는 건……."

"금지는 아냐. 가지고 놀면 안 된다고는 했지만."

그게 그거 아닌가? 라고 생각했다.

듣자하니, 수업 시간에 가지고 놀지 않으면 휴대는 상관없다고 한다. 교사한테도 문의했다는 말을 듣고 그녀의 행동력에 눈을 부릅떴다. 우리 학교지만 도립 스이세이 고교, 새삼 생각 이상으로 자유롭네.

나라사카 양이 꺼낸 것은 항간에서 유행하는 최신 게임기였다.

"사키, 이거 없다고 했잖아?"

"응, 없어."

"그러니까, 같이 놀고 싶었어. 이거, TV에 연결해도 돼?"

소파 너머에 있는 50인치 액정을 가리키며 말했다.

"……상관없어."

"같이 놀 수 있는 거 있어. 아, 덤으로 여기, 인터넷 있어?"

아야세 양이 나에게 눈으로 물어보았다. Wi—Fi 패스워드를 가르쳐줘도 되냐고 물어보는 것이다.

그녀가 처음 집에 왔을 때 패스워드를 가르쳐줬다. 현대에 집 열쇠를 건네주는 상대라면, 거의 동시에 행하는 의식이다. 허가의 의미로 나는 살짝 고개를 끄덕였다.

아야세 양이 패스워드를 적은 메모를 건네자, 나라사카

양이 재빨리 세팅을 마치고 소파에 돌아오더니 나를 향해 말했다.

"아사무라도 같이 안 할래?"

말하면서 컨트롤러를 꺼냈다. 두 개, 가 아니다. 세 개를 준비하고 있었다. 혹시 하나는 내 건가? 이전 마루가 말했던 나라사카 양의 평가를 떠올렸다. 챙겨주기 좋아하는 성격이라고 했었지. 처음부터 나도 끌어들여 놀 셈이었을지도 모른다.

또다시 나는 아야세 양과 아이 콘택트. 어떡하지? 눈으로 물었다.

"하아. 뭐, 아직 비도 안 그쳤으니까. 아사무라 군도, 이쪽에 앉아."

아야세 양은 소파 한쪽으로 조금 비껴 앉아 한 사람 분량의 공간을 비우며 말했다.

"호호오. 역시 오빠야는 자신의 옆자리에 앉히고 싶단 거지?"

"역시 관두자. 그쪽 비워줄래?"

본래 자리로 돌아와서 말했다.

"우리 사이에 앉으면 되잖아. 자자자, 아사무라, 어때어때? 양손에 꽃이야!"

"나는 굳이 따지자면 구석 쪽이……."

"안~돼. 이건 양보 못해!"

"왜 마아야가 자기 집인 것처럼 우리 집 소파를 끌어안고 있는 걸까?"

조금 비껴 앉으면 아슬아슬하게 셋이 앉을 수 있는 소파. 하지만 아야세 양의 반대쪽을 덥석 붙잡으면서 말하는 나라사카 양에게 아야세 양이 기가 막힌다는 표정을 지었다.

"알겠습니다. 알겠어요. 거기가 좋다면 앉을게요."

어쩔 수 없이 나는 소파 한가운데 앉았다.

여태까지 가족은 둘이었다. 당연히 그렇게 큰 소파가 아니다.

반에서는 물론이고, 교내에서도 화제가 될 법한 여자애 두 명 사이에 앉아 마음이 온화할 리 없었다. 내가 아무리 타인에게 편견 없이 플랫한 마음가짐을 가지려 노력한다고 해도, 한도라는 것이 있다.

"목욕하고 나온 아사무라, 좋은 냄새 나네. 오호, 이게 아사무라 가문의 샴푸 냄새인가요? 그렇다면 사키도……."

"같은 거 쓸 리 없잖아. 상식적으로 생각해서."

상식이었어?

그러고 보니 아버지랑 다른 샴푸랑 보디워시를 쓴다는 건 생각도 못했다. 그렇다면 앞으로 장을 볼 때는 조심해야겠네.

"내 건 내가 살 거야. 이제 고교생이니까."

내가 그렇게 생각한 걸 꿰뚫어본 것처럼, 즉시 신경 쓰

지 말라고 전해준다. 역시 아야세 양은 눈치가 빨라. 고마운 일이다.

"그럼, 시작하자~!"

그렇게 말하면서 나라사카 양이 컨트롤러를 조작했다.

경쾌한 음악이 흐르기 시작했다. 나는 화면에 집중했다.

나로서는 익숙한 소파일 텐데, 가장 자리가 불편하게 느끼는 건 어째서일까? 그런 생각을 하면서, 나는 방금 전 아야세 양이 한 말을 떠올렸다. 우리 집 소파— 반사적으로 나온 말이지만, 어쩐지 기쁘게 느껴졌다.

게임을 기동시킨다. 온라인으로 최신 패치를 찾는 모양이다. 그러나 딱히 업데이트가 없는지 게임이 시작됐다.

"이거, 혹시…… 무서운 거?"

아야세 양의 목소리에 아주 약간이지만, 긴장이 느껴졌다.

"안 무서워. 귀여운 거야! 퍼즐 같은 거. 이 흐물흐물한 사람을 조작해서, 손을 잡고, 이쪽에 골인하는 거야."

화면에 보이는, 뼈가 없는 것처럼 흐물거리는 사람 모양의 캐릭터를 가리켰다.

컨트롤러를 조작하자, 나라사카 양의 캐릭터로 보이는 녀석이 훌쩍 공중에 내던진 것처럼 빙글빙글 돌면서 가시가 달린 땅바닥에 박혔다. 화려하게 피가 뿜어져 나오고, 비명과 함께 스테이지 아래로 낙하했다.

"그치? 이렇게 되면 죽는 거야."

"역시 호러잖아."

"아니라니까아~! 제대로 하면 클리어할 수 있어. 실패하면 무서운 것뿐이지. 자, 아사무라도, 이거 들어."

"그, 그래."

컨트롤러를 받았다.

"잘 들어? 이건 세 사람이 호흡을 맞추는 게 중요해. 다시 말해서 첫 공동작업!"

"의미가 다르지 않아? 그거."

"괜한 말은 하지 말고! 자자자, 시작한다!"

시체가 산을 이룰 정도로 죽었다.

애당초 처음 하는 게임을 잘 할 리 없잖아. 그러나 내 캐릭터가 떨어져서 화려하게 죽을 때마다, 나라사카 양이 기회라는 듯이 부추겼다. 「에이 이제 조금 남았어~」, 「아~ 왜 그렇게 급해~」. 「힘내라 힘!」 「그러면 안 되지~!」 그러면서 어깨까지 두드렸다.

무시무시할 정도로 거리감이 가깝다. 진짜 의붓 여동생인 아야세 양보다도 훨씬 붙임성이 좋고, 여동생 같다.

"하~, 실컷 놀았네!"

게임을 끝낼 무렵에는 비가 그쳐 있었다. 나라사카 양은 만족스럽게 눈웃음을 지으며 돌아갔다.

"미안, 귀찮은 친구라서."

맨션 밖까지 바래다준 아야세 양이 돌아오자마자 말했다.

"아니 별로."

"있잖아……."

뭔가 말하기 어려워 보이길래, 내가 무슨 일이냐고 재촉했다.

"LINE 교환, 해도 될까? 그, 이런 불행한 인카운트가 앞으로 없도록, 말이야."

"아, 아아, 그렇네."

나로서도 거절할 이유가 없다. 그렇다. 이것은 불행을 회피하기 위해서도 필요한 일이다. 가족이기도 하고. 신기한 일이 아니다.

친구 목록을 열자, 아야세 양의 아이콘이 있었다.

세련된 티컵의 사진이었다. 아이콘뿐이지만, 남녀의 구분이 가지 않는 것을 고르는 것도 아야세 양다웠다.

"이것도 무장일까……?"

"뭐라고 했어~?"

LINE 교환이 끝나자마자 부엌으로 직행한 아야세 양이 돌아보며 말했다. 도마를 식칼이 두드리는 소리가 그 순간만 멎었다.

"아무것도 아냐."

"이제 밥 다 돼가."

"알았어."

다시 통통 식칼 소리가 들리고, 된장국 냄새가 코를 건 드렸다.

나는 어수선했던 오늘 하루를 돌아보았다. 등교 도중에 아야세 양의 이어폰에 숨겨진 비밀을 알아버린 것을 시작 으로, 참으로 이벤트가 많은 날이었다.

구기 대회 연습을 할 때, 나라사카 양과 정답게 볼을 치 던 아야세 양을 보았다. 우산을 가져갔는데도, 흠뻑 젖은 생쥐가 되었다. 목욕하고 나오며 흥얼거리던 콧노래를 누 가 들어버린 것은 평생 최대의 실수였고, 그 다음에 나라 사카 양과 함께 한 게임에서는 무엇 하나 좋은 부분을 보 여주지 못했지만.

수확은 충분히 있었던 것 같다.

스마트폰 화면을 끄면서, 나는 그렇게 생각했다.

●6월 11일 (목요일)

　아침. 테이블 주변에 아키코 씨를 포함한 일가족 네 명이 자리에 앉아 있었다.

　아키코 씨는 어제도, 가 아니라 오늘 아침도 늦게 돌아와서 본래는 아직 자고 있을 시간인데⋯⋯.

　"이제 곧 하지(夏至)구나아."

　후와아. 작게 하품을 하면서 말했다.

　듣자하니 햇살이 눈부셔서 눈이 떠져버렸다고 한다. 그렇다면 두 사람의 침실에 차광 커튼을 설치하는 게 좋을지도 모르겠다. 아마 깨닫지 못했을 아버지에게는 나중에 말해둬야지.

　아키코 씨는 다시 잘 거라고 하면서도 주방에 서 있었다. 한편 아버지는, 오늘은 늦게 출근한다고 평소보다도 느긋하게 태블릿으로 경제신문을 읽고 있었다.

　그렇게 오랜만에 네 명이 모여 식사를 하게 됐다.

　"자, 아버지. 그쪽 부탁해."

　"아아 그래."

　테이블 닦는 행주를 던졌다. 아버지는 싱글싱글 웃으면서 테이블 절반, 자신과 아키코 씨 자리 앞을 정성 들여 닦았다.

깨끗해진 공간에 아키코 씨와 아야세 양이 아침 식사를 놓았다. 식사를 만드는 사람이 두 명이라 그런지 평소보다 요리 수가 많다.

마지막 하나는 계란말이구나. 네모난 계란말이용 프라이팬(우리 집에는 없었던 것. 아키코 씨가 가지고 왔다) 위에서 얇게 펴낸 달걀을 젓가락으로 빙글빙글 솜씨 좋게 마는 모습은, 보고 있어도 따라 할 엄두도 안 난다. 장인의 기술을 훔치려는 제자 같은 표정으로, 된장국 맛을 확인하면서도 아야세 양이 아키코 씨의 손을 뚫어져라 보고 있었다.

잘 먹겠습니다. 넷이서 목소리를 맞추고 젓가락을 뻗었다.

자연스럽게 손이 뻗은 것은 아키코 씨가 만든 깔끔하게 익은 계란말이였다.

포실포실하고 두툼한, 라멘의 회오리 무늬 어묵 같은 노란 단면을 가진 한 조각을 젓가락으로 집어 입에 넣었다. 씹은 순간에 즙이 쭈욱 흘러나와 입 안에 퍼진다. 예상한 맛과 달랐다. 이건……?

"맛있어. 하지만…… 어라? 계란말이, 가, 아냐?"

"육수 계란말이."

만든 것은 아키코 씨일 텐데, 어째선지 아야세 양이 대답했다.

"육수 계란말이?"

"계란말이는 기본적으로 계란의 맛뿐이잖아. 소금 간이

필요하면 소금을 넣고, 달콤한 걸 좋아하는 사람이라면 설탕을 넣지만."

"설탕?"

"달콤한 거 싫어해? 그러면 안 넣을게."

"아, 아니…… 어느 쪽이든 좋은데. 그것보다, 계란말이는 단 것도 있구나."

"어……."

"어?"

그런 이세계인을 보는 눈으로 보지 말아줬으면 하는데.

"……조리 실습 정도는, 하지 않아?"

"그, 그렇지. 하지만 계란말이는 안 만드니까. 계란프라이는 했어."

"흐응. 그래서, 육수말이는, 육수를 넣어서 만들어."

"육수……? 쯔유 소스 같은 거?"

"으음~. 우리 집은 맑은 육수야."

시선의 끝― 시스템키친 위에 낯선 하얀 병의 조미료가 있었다. 아하, 저거구나. 자취를 안 하는 우리 집에는 소금과 간장과 설탕 정도밖에 없었으니까, 저것도 아키코 씨가 가져온 거겠지.

"이 맛은 달걀 맛에 육수 맛을 더한 거야. 물론 경우에 따라서 소금을 더 넣기도 해. 달게 만들고 싶으면 미림을 조금 넣기도 하고. 간장을 넣는 일도 있지만 그러면 색이 들어가니까, 겉보기에 이런 예쁜 노란색이 안 돼."

"잘 아네."

"사키도 만들 수 있어어. 유우타가 마음에 들었다면, 다음에 만들어 주는게 어때?"

"내가 만들면, 이렇게 포실포실하지 않아……."

"나는 계란프라이 좋아해."

"……그래? 뭐, 내키면 만들게."

나와 아야세 양의 대화 이면에 있는 뜻은 이거다. 계약을 벗어난 수고를 늘리지 않아도 돼. 나는 신경 안 써. 그에 대해 아야세 양은, 고마워. 답례로 여유가 있으면 만들어줄게.

사실 그런 대화가 이면에서 성립되어 있었다. 이걸로 서로 의사가 통하니까 참 고마운 일이다. 일단은 나중에 확인을 할 거다. 암호 커뮤니케이션은 착오가 발생하기 쉬우니까.

그런 우리들의 대화를 눈치채지 못한 아버지는 아키코 씨의 육수 계란말이가 맛있다고 끝도 없이 반복해서 말했다. 그치만 「세상에서 제일 맛있다」는 아무리 그래도 좀 지나쳐. 자랑이야? 이건 자랑인가? 설마 아침부터 마흔 넘은 친아버지한테 이런 얘기를 듣게 되다니……. 17세 고교생의 멘탈에는 상당히 타격이 큰데, 이거.

화제를 돌리려고 사고를 회전시키다가, 문득 떠올렸다.

"그러고 보니, 이번 주는 내가 세탁할 차례네. 아키코 씨나 아야세 양 것도 한꺼번에 세탁해도 되는 거지?"

"앗, 그건…….."

우물우물 아야세 양이 뭔가 말을 하려다가 삼켰다.

나는 고개를 갸웃거렸다. 뭐든지 확실하게 말하는 아야세 양치고는 드문 일이다. 왜 그러지? 내가 뭐 말 잘못 했나?

"있잖아. 만약 유우타가 싫지 않다면, 세탁은 전부 엄마가 해줄게~."

"어? 그건 미안하잖아요."

넷이 살게 되었을 때 가사 분담에 대해서도 이야기를 했다. 그때하고는 이미 이것저것 변해버렸다고 해도, 여기에 세탁까지 맡겨버릴 수는 없는데…….

"하지만, 네 사람 분량은 힘들잖아?"

더욱이 아키코 씨가 매달린다. 그 반응을 보고 나는 아무리 그래도 이상하다는 걸 깨달았다.

가만 생각해 보면 여성진의 의류를 남자인 내가 다루는 것 자체가 섬세한 일인데, 가사 분담을 떠넘기기 싫다는 마음이 앞서서 짐작하는 감성이 둔해져 버렸다.

그게 안 좋았다. 아키코 씨에게 패스를 받을 때까지의 시간이, 아야세 양에게 상세한 설명을 하게 만들어 버렸다.

"속옷까지 아사무라 군에게 맡기는 건, 저기. ……그, 그리고, 천 같은 건 꽤 섬세하니까 취급이 힘들다고 생각해.

어떤 걸 어느 세탁망에 넣어서 빨아야 하는지, 알아?"

"……어떤 걸, 어느?"

설명하게 해서 미안, 이라는 사과에 앞서 순수한 의문이 입에서 나왔다.

"브래지어는 그대로 세탁하면 형태가 망가져 버리고, 훅이나 장식이 다른 옷의 천을 상하게 하잖아? 그래서 브래지어 전용 세탁망이 있어. 팬…… 그러니까, 언더웨어 아래쪽도 귀여운 거는, 장식 부분이 떨어지기 쉽고……."

약간 어색한 분위기가 되면서도, 꼼꼼하게 설명해준다. 생각한 것 이상으로 여성의 옷 세탁은 복잡한 모양이라는 걸 알았다.

"애당초 아사무라 군도 색이 짙은 거랑 옅은 걸 나누거나, 입체 프린트가 들어간 옷은 세탁망에 넣잖아? 안 그러면 떨어지니까."

"입체 프린트라면, 그림이나 로고가 천에 붙어 있는 거?"

"그래. 그거."

"아아~. 그래서 세탁할 때마다 떨어지는구나, 그거."

그렇게 대답했더니, 아야세 양이 머리를 감싸 쥐었다.

그리곤 고개를 들더니, 딱 잘라 선언했다.

"그 지식에 내 옷을 맡길 수는 없어요. 내가 직접 세탁합니다."

"아, 응. ……알았어."

미묘하게 떠도는 어색한 분위기를 떨쳐내듯 아키코 씨가 생긋 웃었다.

"타이치 씨 거는, 내가 당번일 때 한꺼번에 세탁할게. 뭣하면, 유우타 것도, 엄마가 같이 세탁해줄까?"

그렇게 말하자, 세탁 바구니를 뒤집어서 던져 넣기만 하면 된다고 생각했던 세탁이 갑자기 구체적인 예가 되어 생생하게 뇌리에 떠올라 버렸다.

아키코 씨가?

내 팬티를?

우와아. 안 돼, 절대로!

"……진심으로 아야세 양의 어색한 기분을 이해한 것 같아."

"그치?"

하아, 아야세 양이 한숨을 쉬었다. 그 뭐냐, 미안해.

현관문을 열자, 복도 너머에서 울리는 쏴아아아하는 소리가 갑자기 커졌다. 오늘도 비가 내리네.

아야세 양은 함께 가자고 하더니, 나와 나란히 집을 나섰다.

나는 의문에 가득 찼다.

이건 무슨 일이지? 지금까지는 완고하게 먼저 나갔는데.

분명히 의붓 여동생이라지만 진짜 여동생이고, 함께 학교 가는 것에 문제는 없겠지만. 아니 잠깐, 문제가 없는 건가?

고등학생이나 되어서 남매가 함께 등하교를 한다는 건 좀 아닌 것 같기도 한데. 아니면 내가 생각이 지나친 걸까?

"하고 싶은 말이 있어."

내려가는 엘리베이터 안에서 아야세 양이 말을 꺼냈다.

아하. 납득했다. 분명한 이유가 있다면 달라진다. 스트레이트한 언동과 행동을 좋아하는 그녀답다고 생각했다.

"좀 사과하고 싶어서."

"……사과?"

뭘까? 나는 아침부터 그녀와 나눈 일련의 대화를 돌이켜 보았다. 그녀가 무슨 사과할 만한 말을 했던가? 내가 실언을 뱉은 건 틀림없지만, 아야세 양이 사과를 할 일은…….

엘리베이터에서 내려, 맨션을 나섰다.

비의 감옥에 갇혀 있는 길에는 사람들의 통행이 적고, 나와 그녀의 우산만이 나란히 서있었다. 학교까지 가는 시간, 단둘이서 대화를 하기에는 딱 좋았다.

비를 맞아 녹음이 선명하게 비치는 가로수 너머를, 때때로 경적을 울리면서 차가 지나간다. 튀어 오르는 물보라를 경계한 우리는 그 순간에만 멈춰 섰다.

다시 걷기 시작한 아야세 양이 조금 표정을 찡그리면서 말하기 시작했다.

"무의식적인 차별 발언은, 내가 가장 싫어하는 거야. 미안해."

진지한 표정으로 말했다.

나는 반사적으로 긴장했다. 아야세 양의 표정에서, 그게 진지한 이야기라는 걸 이해한 것이다.

아야세 양은 한 번 숨을 들이쉬고서 단숨에 뱉어냈다.

"혹시나 아사무라 군이 브랜드 란제리를 입고 다닐 수도 있잖아?"

있을 수 없는데요.

"나는 딱딱하게 굳은 젠더 롤을 부정해 왔는데—."

"잠깐, 아야세 양."

"아사무라 군은 나름대로 몸가짐에 신경을 쓰잖아. 어제도 젖은 옷을 곧장 세탁했었고. 립크림이나 파운데이션을 바르는 모습은 아직 본 적이 없지만, 보이지 않는 곳에서 꾸미는 타입일 가능성도 있고."

"아니아니. 냉정해질 필요가 있어, 아야세 양."

나는 크게 돌아서 그녀의 걸음을 가로막았다.

폭주하는 사고를 막기 위해서는, 엉켜있는 행동을 일단 막는 것이 빠르다.

내가 보행을 막자, 아야세 양은 그제야 퍼뜩 정신을 차리고 우산 아래서 고개를 들었다.

"……네. 냉정해졌어요."

"아, 응."

"여장을 좋아한다고 해서, 현실에서까지 그런다고 장담

은 못하니까."

안되겠어. 아직 전혀 냉정해지지 못했다.

"차분하게 생각을 해봐. 집의 세면대 봤잖아?"

아야세 양이 눈썹을 찌푸리고 생각했다.

"으음. 저기……. 그렇네. 그러니까, 면도기는 있었어. 쉐이빙 크림도 있었어. 이른바 여성용 코스메틱은…… 없었어."

"그렇지?"

"하지만 아사무라 군, 눈썹 형태가 예쁘잖아."

"응?"

"그렇게 예쁘니까, 분명히 다듬을 거 아냐. 콤 브러시는 안 보였지만, 미용실에 갈 가능성도 있으니까ㅡ."

"이발소인데……."

미용실은 남자 고교생에게는 난이도가 너무 높지 않아?

아무리 여기가 젊은이의 거리 시부야라도, 누구나 코스메틱이나 브랜드에 열중한다고 장담할 수는 없다. 나는 패션에 사용할 돈이 있다면 책을 산다.

"어? 그러면, 그 눈썹은 태어날 때부터?"

"맞아."

그녀는 날 빤히 바라보았다.

"믿을 수가 없어. 부러워……."

"그, 그런 거야?"

"……어쩐지 분해."

그렇게 말하고, 아야세 양은 다시 걷기 시작했다.

나도 묵묵히 그녀 옆을 걸었다.

"……있잖아."

"뭔데?"

"방금 그 얘기 말인데. 그 젠더 롤이 뭐라는 거."

"아아."

"젠더 롤이라는 건, 그거지? 성별에 따라 기대되는 역할을 연기한다는 거?"

대략적으로 알기 쉽게 말하자면 남자는 남자답게, 여자는 여자답게 행동해야 한다는 것이 젠더 롤이다. 어떤 행동이「자신다운지」를 정하는 것은 세간이라고 불리는 공동체의 환상이며, 유감이지만 그것은 자신다운 것도 아니고 대부분 확실한 논리가 있는 것도 아니다.

"그렇네. 하지만 성별이라는 건, 애당초 현대에는 두 개로 한정할 수 없잖아?"

"아~. 뭐 그렇지."

모르는 건 아니다. 평범하게 책을 읽으면, 그런 부분을 알게 모르게 배우는 법이다. 그리고 요즘은 종종 뉴스에도 나온다. 미국판 Facebook에는 커스텀에 따라서 58종류의 성별을 표현할 수 있다고 한다. 한때 화제가 됐었지.

애당초 DNA상의 성별도 단순한 남자와 여자만 있는 것이 아니고. 그런 것을 생각하고 있자니, 마침 아야세 양도 비슷한 생각을 했던 모양이다.

"인류의 성별은 성 염색체로 정해지게 되는데……."

"X염색체와 Y염색체 말이지."

"그래. 성 염색체는 X형과 Y형이 있는데, 그 조합이 성을 결정하고 있어. XX는 여자, XY면 남자. 인류를 인류로 정의하는 46종의 염색체 중에서, 고작 하나. 그것이 X인지 Y인지뿐. 게놈의 몇 %일까?"

분한 기색으로 말하는 게 아야세 양다워.

"뭐, 큰 차이가 아닌 건 분명하네."

"그 세세한 차이에 우리들은 엄청나게 휘둘리고 있어. 그 두 종류로 절대 나눌 수 있는 게 아닌데."

쏟아지는 빗소리 속에서 그녀의 목소리만이 나에게 확실하게 들렸다.

"성의 자기 인식에 대해서도 그래. 자신이 인식하는 성별이 유전자가 말하는 성별과 일치하지 않는 사람은 언제나 존재하고, 여러 가지 인식이 있어."

아야세 양이 말하는 논리에 대해서 머릿속으로는 알고 있었다. 하지만 나는 태어났을 때부터 유전자적으로 남자고, 뇌도 남자라고 인식하고 있다. 그러니까 감각적으로 잘 와닿지 않았다.

"연애 대상도 그래. 남성이 좋다. 여성이 좋다. 둘 다 좋다. 둘 다 안 좋아한다. 애당초 연애 감정이 안 생긴다……. 그것 모두 가능성이 있고, 어느 것이든 부정할 수 있는 게 아냐. 자신을 꾸미는 복장도 그래. 유전적으로 여성이고 스스로 여성이라 인식하고 연애 대상도 남성이지만, 이성의 복장……. 다시 말해 이 경우는 남장이겠지. 남성용 의복류를 좋아하는 여성이 드물지도 않아. 마찬가지로, 남성이 여성용 속옷을 좋아한다고 해도 아무것도 이상하지 않아."

"그야 그렇지만……."

"그런데 그 순간에만, 나는 그게 머리 한구석에조차 떠오르지 않았어."

그렇게 말하고, 아야세 양은 분한 기색으로 입을 삐딱하게 다물었다.

이것도 그거다. 매크로한 시점에서는 옳아도, 미크로하게 보면 얼마든지 예외가 있을 거라는 것의 일종이다. 「인류의 태반이 그렇다」와 「그러니까 그 사람도 그렇다」의 둘 사이에는 커다란 차이가 있다.

내가 여성 속옷을 일상적으로 착용하는 남성일 경우, 속옷에 대한 지식이 빈약한 여형제가 세탁을 하는 것과 무엇이 다른가?

아마도 아야세 양은 자신의 옷을 어머니가 세탁한다면 신경 쓰지 않았을 것이다. 그런데 오늘 아침 그 순간, 자기 속옷을 내가 세탁하는 것을 생각한 그때. 그녀는 확인을 전부 생략하고서 생리적 수치심을 먼저 드러내고 말았던 것이다.

보통은 「당연하다」라고 넘어가 버릴 법한 일인데, 그걸 신경 쓰고 있다.

아야세 양은 언제나 싸우고 있다.

세간이란 자가 끊임없이 떠미는 역할에 대해 생각 없이 따르며 넘어가지 않고, 하나하나 자신의 머리로 생각하려고 한다. 그것이 나처럼 **대충 넘어가는** 것을 고른 인간에게는 너무나도 눈부셔서—.

"뭐, 그걸 말하자면 나도 아키코 씨가 내 옷을 세탁해주시는 상상을 한 순간에 창피했으니까."

"타인이 어떻고가 문제가 아냐. 내가 내 자신을 용서하지 못하는 것뿐이야. 그러니까 사과하고 싶었어."

"으~음."

나는 조금 생각을 해봤다.

그녀의 생각에는 동의할 수 있지만, 이 고지식함은 분명 그녀를 괴롭게 할 것이다. 그녀를 부정하지 않으면서 조금만 더 편해질 수 있는 사고방식은 없을까?

이제 곧 교문이 보인다. 이쯤 되면 학생의 수도 늘어나니까, 이대로 계속 이야기를 할 수도 없다.

"……반사라는 게 있잖아?"

"반사? 반짝반짝?"

"그쪽이 아니고. 그리고 어째서 반짝반짝?"

아야세 양의 사고는 때때로 이상하다. 그건 그거대로 재미있으니까 좋지만.

"그러니까, 사고를 거치지 않는 행동 말이야."

"아아, 그쪽. 무릎을 두드리면 다리가 움직인다, 그런 거?"

"그거그거."

인간의 행동 속에는 생각하기 전에 움직이는 것이 있다. 물건이 날아왔을 때 반사적으로 눈을 감는다. 뜨거운 것에 닿으면 손을 재빨리 뗀다.

"뇌로 생각해서 발전해온 인류에게 말이야. 어째서 그런 기능이 남아 있는 건지, 전에 생각해본 적이 있어."

"그건…… 일일이 생각하면 회피할 시간이 없기 때문이잖아?"

"그래. 목숨이 위험하니까, 확률적으로 위험할 경우는 생각하기 전에 행동하게 되어있지. 그 능력은 생물인 한, 그건 그거대로 필요한 거라고 생각하거든."

"그게 무슨…… 아아, 그렇단 말이지."

영리한 아야세 양은 내가 전부 설명하기도 전에 결론에 이르러버린 모양이다. 그렇지만, 나는 굳이 전부 설명했다.

"요컨대, 앱의 매크로나 단축키 같은 거지."

그렇게 말했더니, 아야세 양이 키득 웃었다.

"재미있는 예네."

"편리하고 빠르니까 사용하잖아. 하지만, 때때로 매크로만 가지고선 어떻게 할 수 없는 케이스도 일어나. 그럴 때 근본적인 원리를 알지 못하면, 대응할 수 없는 새로운 매크로는 만들 수 없어."

"그렇네."

"반사적으로 이렇게 했다. 그건 어쩔 수 없는 부분도 있다고 생각해. 왜냐면, 그런 반사적인 행동을 할 수 있었으니까 이득을 보는 경우도 분명히 있거든."

"하지만, 편견은 차별을 낳아."

"그러니까 돌이켜보는 거잖아? 아야세 양은 자신의 행동을 돌이켜보고 반성했어. 그렇다면, 이제 그 이상 고민할 필요 없는 거 아닐까? 나는 아야세 양이 반사적 행동을 돌이켜보고 수정할 수 없는 인간이라고는 생각하지 않아."

조금 밝은 어조로 돌아와 말했다.

문득 깨닫고 보니, 옆을 걷고 있던 아야세 양이 없다.

돌아보니, 세 걸음 정도 뒤에서 얼어붙은 것처럼 걸음을 멈추고 있었다.

"아야세 양?"

고개를 숙인 아야세 양이 신경 쓰여 말을 걸었다.

"아사무라 군은, 나를……."

이번 목소리는 빗소리에 묻혀버릴 것 같았다.

"지나치게 이해해줘요."

그렇게, 말했⋯⋯나?

아야세 양이 고개를 들었다. 앞만 바라보며 발 빠르게 나를 추월했다.

문을 통과해, 학교로 향한다. 그녀의 등이 사람들과 비의 스크린 너머로 사라졌다.

"왜 그래? 아사무라."

마루가 어깨를 두드릴 때까지, 나는 우산을 쓴 채 멍하니 서 있었다.

두드린 어깨 부분이 이상하게 차갑다. 쓰고 있던 우산이 기울어 비에 젖어 있다는 걸 그제야 깨달았다.

아야세 양이 사라지는 뒷모습이 내 뇌리에 각인되어 있었다.

수업 끝의 종이 울려도 비는 그치지 않았다.

오늘은 목요일. 알바가 있는 날이다. 일단 집으로 돌아갔다가 역 앞의 서점으로 갈 필요가 있다. 빗속의 이동을 반복하게 되니 조금 귀찮다. 학교에서 직접 가는 편이 편했을지도 모르겠다. 가게의 유니폼을 챙겨올걸 그랬다.

복도의 창 너머, 안개비가 모래를 뿌린 것 같은 바깥 풍경을 보았다.

6월의 비는 결코 싫지 않다. 녹음이 한층 짙게 보이고, 빗속에서도 풍기는 냄새가 여름을 느끼게 해주니까.

하지만 비 내리는 날은 가능한 짐을 줄이고 싶다. 참고로 알바하는 서점의 유니폼을 가게에 두지 않고 가지고 오는 건, 지저분해졌을 경우 세탁은 자신이 하는 게 규칙이기 때문이다.

출입구가 보인다.

신발장을 향해 걸으면서, 무의식중에 시선이 좌우로 방황했다.

그런 내 행위를 깨닫고 고개를 옆으로 저었다. 이럼 안되지. 비를 바라보며 서 있는 그녀의 모습 따위 있을 리가 없어. 오늘은 우산을 가지고 나와 함께 걸어서 학교에 왔으니까.

"아무리 그래도 이미 돌아갔겠지."

손에 들고 있던 커다란 남성용 우산을 눈앞에서 활짝 펼쳤다. 검은 원이 내 눈앞의 풍경을 커다랗고 동그랗게 잘라내 아무것도 보이지 않는다.

우산을 어깨에 올리고 출입구를 나섰다.

아침부터 비가 내렸기 때문이기도 한데, 오늘은 접이식 우산이 아니라 수수한 아버지의 우산을 가지고 왔다. 만에 하나라도 어제 아야세 양이 쓰고 있던 내 우산을 기억하는 학생이 있으면 어쩌나 생각했기 때문이다.

그 정도로 신경 쓸 필요는 없을지도 모른다. 남매인 건 틀림없으니까.

의붓이고, 이제 막 생긴 내 여동생. 아직 1주일도 안 지났다.

그래도 나는 조금씩 아야세 양을 알아가게 되었다고 생각하고 있었다. 하지만 아침에 들은 그녀의 말이 어떤 의미였을지 생각해 버린다.

우산을 두드리는 빗소리가 시끄러워 사고에 집중할 수 없었다.

맨션에 돌아와 집으로 들어갔다.

두꺼운 문이 닫히자, 귓속에 메아리치고 있던 빗소리가 문득 사라졌다.

접은 우산을 세워두고 숨을 내쉬었다. 나는 젖어서 무거워진 신발을 벗었다. 조금 몸이 식었지만 목욕할 시간은 없다. 얼른 나가야지.

내 방으로 갔다.

중간에 아야세 양의 방 앞을 지나갔다.

엿볼 셈은 없었지만, 불행하게도 문이 열려 있어서 그 틈으로 한순간 방 안의 모습을 보고 말았다.

방에 널어둔 컬러풀한 속옷과 옷이 무방비한 상태로 늘어서 있는 광경을.

비가 내리니까 그렇겠지.

나는 세탁물이라면 신경 쓰지 않고 뭐든지 건조기에서 말려버리는 쪽이지만, 옷에 따라서 상하니까 꺼내서 제대로 말리는 사람이 있다는 건 알고 있었다.

그렇지만.

설마 우리 집 안에서, 여자 속옷이나 옷이 널려 있는 날이 올 줄이야. 아차, 이거 빤히 보고 있으면 안 되지.

세탁물을 널었다는 건 예상대로 아야세 양이 벌써 집에 돌아왔다는 거니까, 그녀의 방을 보는 모습을 보이게 되면 어색함을 견딜 수가 없게 된다.

"아사무라 군? 돌아왔구나."

"힉!"

등 뒤에서 말을 걸자 무심코 등이 쭉 뻗었다.

확하고 소리가 날 정도로 돌아보았다.

"왜 그래?"

"아니, 아무것도. 아무것도 아냐."

"그래? 그럼 됐어."

말하면서, 아야세 양은 빤히 뭔가 의심하는 눈길을 보내고 있었다.

"어, 나, 오늘은 알바 있거든."

가볍게 손을 흔들고, 나는 자기 방으로 갔다.

등에 박히는 아야세 양의 시선을 느끼고 있었지만, 돌아볼 배짱은 없었다. 정말로 속옷 도둑 같네.

그저 집 안에서 우연히 목격해 버렸을 뿐이지, 나쁜 짓은 아무것도 안 했다. 본인도 세탁한 뒤의 속옷은 손수건 같은 거라고 말을 했었는데, 그래도 뭔가 켕기는 느낌을 받아 버린다.

알바 유니폼을 가방에 넣고 집을 뛰쳐나가 서점으로 가는 동안, 빗소리마저 쿵쾅거리는 심장 소리를 숨겨주진 못했다.

나는 알바에 몰두했다.

머리에서 조금 전의 기억을 지우고 싶었다. 특히 파란 천의 그것.

유니폼으로 갈아입고 명찰을 가슴에 달고 일을 시작했다.

오늘의 업무는 재고 정리다. 입하일부터 일정 기간이 지나 팔리지 않은 책을 선반에서 철거한다. 그렇게 선반을 비워야, 신간을 넣을 수 있는 것이다.

내일은 금요일이며, 도매상에서는 원칙적으로 토요일과 일요일은 배송을 안 한다. 주말에 발매되는 책은 전부 내일 들어온다.

다시 말해 오늘은 평소보다도 더 선반을 비워내야 한다.

판매 측에서 점포의 구매 예측 정밀도를 점점 올린다고 해도, 유감이지만 고객 개개인의 행동을 완벽하게 맞출 수는 없다.

개성을 가진 인간이 무엇에 관심을 가지고 어떤 동기로 행동하는지에는 애매함이 따라붙게 마련이고, 우연에도 좌우된다. 불확정성의 흔들림과 혼돈은 언제나 존재한다. 입하한 책을 전부 다 팔 수는 없다. 아마 앞으로도 못할 거다. 팔고 남은 책은 반드시 존재한다.

아아, 이거 남아버렸네…….

라노벨 코너를 체크하다가, 나는 책 한 권을 손에 집었다.

예전에 진열했을 때부터 신경 쓰였다. 흔한 하렘 러브 코미디가 싫었던 걸까? 그렇다고 해도 역시 표지에 여자애들 48명의 얼굴을 꽉 채울 필요는 없진 않을까? 지나치게 참신하잖아.

제작자 측이 팔고 싶고 팔릴 거라고 생각하는 책과, 실제로 팔리는 책은 별개다. 유감이지만 대부분의 손님은 보수적이다.

나는 그 책을, 책을 꺼낸 더미에서 따로 빼놓고 선반의 나머지를 정리했다.

"또오, 책 골라두네."

뒤를 돌아보자 요미우리 선배가 서 있었다.

"하지만 이거, 그대로 둬도 어차피 반품이나 매수니까요. 매상에 공헌할 수 있으면 좋잖아요. ……이건 왜 입하한 걸까요?"

체인 서점은 과거의 판매 기록을 통해 독자들의 구매 경향을 분석했을 테니, 아무리 변동이 있다고 해도 이 정도로 틈새시장을 노린 책은 보통 입하하지 않을 것 같단 말이지. 입하를 안 하지 않나? 나는 좋아하지만.

"그런 참신한 책을 매월 반드시 사는 사람이 있어서 그
런 게 아닐까~?"

"그런 손님이 있어요?"

내 질문에 그녀는 씨익 웃음을 지으며 바라본다.

어라? 설마, 나?

"후후. 그보다도 우리 후배, 오늘은 이상하게 일을 열심
히 하네."

"이상하긴요. 그렇게 희한한 일인 것처럼 말하지 마세
요. 아니, 뭐…… 보통인데요."

"그래?"

"혹시 저, 이상해요?"

"일사불란하게 일에 몰두하고 있는 젊은이의 존귀한 모
습을 보고, 괴로운 일이 있었나 생각한 것뿐이야."

"달관한 선인처럼 말하네요."

"선인, 좋은걸. 나는 선인이 되고 싶어. 그러면 하계의
잡다한 일에 이래저래 고민하지 않아도 되잖아. 하아~."

그렇게 한숨을 쉬면, 여러모로 신경 쓰이는데요.

"선배야말로, 무슨 일 있었나요?"

"신경 쓰여?"

"제가 신경 쓰는 게 의미가 있다면, 신경 쓸게요."

"좋은 대답을 하는걸~. 그런 점 좋아한다니까~."

"그러니까 그런 착각할 법한 말은 말이죠……."

그렇게 말하면서, 방긋 미소를 지으니 질이 나쁘다고 생각하거든요.

"지금은 괜찮아. 신경 써주는 우리 후배가 있어주기만 해도 힘이 나거든~."

"그런 건가요?"

"그런 거야아. 그러니까……."

"네?"

"귀여운 여동생도, 제대로 신경을 써줘야 된다?"

"으헉?!"

"화나게 만들었으면, 돌아갈 때 달콤한 거라도 사서 갖다 줘."

"화, 화나게는 안 했어요."

……아직은.

"그러니까, 여동생한테 뭘 했는데?"

"아무것도 안 했다니까요."

"그러면 혼자서 했어?"

"물 흐르듯 자연스럽게 야한 이야기로 몰아가는 재주가 좋은 거 아닌가요? 그리고, 그런 농담은 그만 두죠……."

"아하하. 뭐, 감정은 없었던 것처럼 묻을 순 없으니까~. 조금씩 발산하지 않으면 나중에 폭발하거든?"

으으, 말문이 막힌다.

아무 말도 못하는 사이에 요미우리 선배는 「그럼 간다」 하고 일하러 돌아가고, 머릿속에는 그녀의 싱글싱글 웃는 표정만 남았다.

"저 사람은 진짜……."

투덜거리며 선반을 다시 보고, 정리를 재개했다.

　그런 단순 작업을 하는 사이에도, 서점 직원은 언제나 임기응변의 대응을 해야 한다. 이렇게 가게 유니폼을 입고 있는 한, 난처한 일을 품은 손님의 끊임없는 도움 요청이 날아오는 것이다.

　압도적으로 많은 것이, 책이 어디 있는지 물어보는 손님이다.

　그것도 검색 서비스로 찾을 수 없는 것. 다시 말해, 출판사도 모르고 작자도 모르고, 장르도 제목도 애매한, 이런 책은 어디 있나요? 라는 것들.

　시리즈물이며 살인사건이 일어납니다— 그렇게 말하면 내가 어떻게 알아.

　이 정도로 애매하면 현재 상황에서는 어떠한 검색 서비스로도 찾는 게 불가능하다. 발견되지 않는 게 아니고, 너무 많이 발견된다. 좀 더 그…… 있을 거 아냐. 힌트 같은 거.

　고양이가 사건을 해결한단다. 고양이가?

　요미우리 선배에게 물어봤더니 금방 손님을 안내해 주었다. 선배, 미스터리 좋아한다고 했었지.

"이거 유명하거든? 모르는 게 더 이상할지도 몰라."

"그런가요?"

미스터리는 내 수비 범위 밖이었다.

"개였을지도 모른다고 말했다면 헷갈렸을지도?"

"설마 그쪽도 있어요?"

"있단 말이지이."

있구나. 굉장하네, 미스터리 작가.

그 밖에도 신간 예약 접수나, 잡지를 샀더니 부록이 없었다는 클레임에 대한 대응. 부모를 놓쳐서 울고 있는 미아를 보살피는 등. 서점 직원의 일은 다양하다.

그렇게 사이사이로 파고드는 돌발적인 일을 처리하면서, 선반 정리를 하려고 손을 움직인다. 문득 깨닫고 보니 나는 오늘 해야 할 분량을 끝냈다. 시간도 다 됐으니, 나는 선배에게 말하고 퇴근하기로 했다.

가게를 나섰다. 비는 그치고, 하늘은 갰다. 빌딩 사이로 둥근 달이 보였다.

달이 보이는 방식은 계절에 따라 바뀐다. 태양이 높이 오르는 여름은 만월이 낮게 떠오르고, 겨울은 반대다. 지금은 하지 전이니까, 만월은 그다지 높이 뜨지 않는다. 빌딩과 빌딩에 끼어서 만월이 답답해 보였다.

공기는 아직 약간 습기를 머금고 있지만, 지나가는 바람이 기분 좋다.

걷고 있자니, 뒷주머니에 넣어둔 스마트폰이 진동했다.

꺼내서 보니, 대기 화면에 LINE의 알림이 첫줄만 표시되어 있었다.

짧은 시간에 사라졌지만, 스와이프해서 다시 보지 않아도 알 수 있었다. 아야세 양이다. 그녀의 첫 메시지.

【역시 봤구나.】

최악의 첫줄이군. 이미 뭐가 적혀 있는지 예상이 되어버렸다.

조심조심 대기 화면에서 복귀하여 앱을 기동하고 메시지를 읽었다.

요약하면 이런 것이었다.

거동이 수상한 내 행동을 보고 방 앞에서 뭘 하고 있었는지 생각해 보니, 역시 실내에 널어둔 속옷을 관찰하고 있었던 것이 아닌지 의심하는 모양이다. 속옷은 손수건 같은 것이라고 생각하지만, 부끄러워해야 할 대상이라고 생각하는 내가 그걸 보고 있던 의미에 대해 확인하고 싶다……라고 한다.

이제부터 일어날 검찰의 심문을 앞두고, 하다못해 변명하는 메시지를 보내면서 나는 집으로 돌아왔다.

현관의 신발을 보고 나는 다소 안도감을 느꼈다. 다행

히, 부모님은 아직 두분 다 돌아오지 않았다.

고개를 들자 떡 버티고 선 아야세 양과 눈이 마주쳤다.

"다녀왔어, **아야세 양**."

"어서 와, **아사무라 군**."

평소와 똑같은 말을 하고 있는데, 엄청 차갑게 귀에 울리는 것은 어째서일까?

"그대로 현관에 굳어 있어도 어쩔 수 없어."

"아, 응⋯⋯."

일단 변명은 했지만, 과연 얼마나 믿어준 걸까⋯⋯?

"먼저 방에 가 있어."

"어? 어느 쪽?"

"아직도 내 방에 흥미가 있어?"

"넵, 제 방에서 기다리겠습니다."

이럴 때는 섣불리 거스르지 않는 편이 좋다. 아마도.

나는 내 방으로 가서, 가방을 두고, 바닥에서 무릎 꿇고 아야세 양을 기다렸다.

"어째서 그러고 앉아 있어?"

"그러니까, 딱히 의미는 없는데."

엎드려 빌기 좋으니까, 라고 말하진 못했다. 오체투지를 해도 용서해줄지 알 수가 없다.

"자."

고개를 들자, 눈앞에 김이 피어오르는 머그컵이 있었다.

"응?"

"코코아, 싫어해? 싫으면 내가 마실 건데."

"아, 아니, 싫어하지…… 않아."

대답하면서 컵을 받았다.

내 취향은 커피지만, 차가운 빗속을 걸어온 몸이니까 이런 따스한 음료가 순수하게 기쁘ㅡ.

어라, 설마 그래서?

슬며시 눈만 위쪽으로 떠서 아야세 양의 얼굴을 올려다보자, 역시 그녀의 눈은 아직 화를 내고 있었다.

"그래서…… 여기 적힌 거 말인데."

"아, 응."

"우연히, 방의 문이 반쯤 열려있어서, 안쪽에 눈길을 빼앗겼다. 그랬더니 내가 말을 걸어서, 반사적으로 도망쳤다."

"그렇다니까."

"훔치러 들어가는 순간이라고 내가 생각할 거라고, 그렇게 생각했어?"

"뭐…… 그게, 그렇지."

"여동생 건데?"

"그건 분명히 그렇긴 한데……."

말문이 막힌다. 반론할 수가 없다. 이것이 친동생이나 엄마 거였다면, 부끄럽기는 해도 그 정도로 신경을 썼을까……? 그치만, 어쩔 수 없잖아.

아야세 양은 아직 남매가 된 지 닷새째였다. 그런 변명이 머리를 스친 순간에, 어째서인지 그녀가 표정을 찡그렸다.

"미안, 지금 그건 공정하지 않았어."

"어?"

"우리는 법률상으로는 분명히 남매지만, 그렇다고 법률로 정해진 순간에 오빠처럼 행동해야 한다— 머릿속까지. 그런 건, 아사무라 군을 인간으로 보지 않는 거잖아."

"……무슨 말인지는 알겠는데."

고교생인 우리가 한 지붕 아래서 지내고 있는 것은 나와 아야세 양이 적어도 행동은 남매의 태도를 보일 거라고, 가족들이 그 생각을 공유하고 있기 때문이다.

우리는 남매로서 행동하리란 기대를 받고 있으며, 신뢰를 받고 있다. 그렇기에 배신할 수는 없고, 배신할 생각도 없다. 그걸로 아버지와 아키코 씨를 난처하게 만들 수도 없다.

하지만, 그렇다고 해서 16년을 함께 해온 남매처럼 행동할 수는 없다. 인간의 사고는 코드를 바꿔 쓰면 끝나는 프로그램이 아니다.

1주일 전까지 타인이었던 것도 사실이다. 아야세 양은, 그것을 자신이 이해할 필요가 있다고 말하는 거다. 무슨 일이든 공정하고자 하는 사람이었다.

"하지만, 이걸로 비겼어. 서로 빚진 게 없다고 하면, 어때?"

"비겨?"

"속옷에 눈길을 빼앗겨 버린 것도, 일종의 반사적 행동이라고 생각해. 아침에는 내가 반사적 행동을 해버렸으니까. 이번에는 아사무라 군이 그걸 해버렸어. 그러니까, 비겼어. 아사무라 군이 반사적 행동을 돌이켜보고 수정하지 못하는 사람이라고는 생각하지 않으니까."

"그건 기쁜데."

"……그건 그렇고."

응?

"내 속옷이 시선을 빼앗길 정도로 매력적이었다, 라."

"그 정도까지는……."

"그럼, 매력이 없었다……로. 흐음."

"……혹시 나, 놀림당하고 있어?"

"글쎄, 어떨까? 하지만, 뒤숭숭한 분위기를 그대로 둘 수는 없잖아?"

"그렇긴, 하네."

"내 속옷을 가지고 싶은 기분은, 없진 않구나?"

"으……. 뭐, 솔직히 그런 욕망이 없는가 하면, 거짓말이려나. 하지만 그래도 아무 짓도 안 하거든?"

"흐~응. 욕망은 있나 보네."

"없으면 없는 대로 난처하잖아. 욕망이 있다는 거랑, 욕망 그대로 행동하는 건 달라."

진지한 표정을 열심히 유지한 채, 아야세 양의 얼굴을

보았다. ·

"후우. 그렇네. 놀려서 미안. 서로, 이 얘기는 여기까지만 하자."

"고맙습니다……."

순순히 감사하면서, 나는 아야세 양의 대응에 실은 내심 혀를 내두르고 있었다.

품어버린 감정은 없었던 일로 할 수 없다. 설령 그것이 오해라고 해도.

내가 속옷을 봤다는 사실에 화가 났다는 감정은 사라지지 않는 것이다.

그것을 감정대로 휘두르는 게 아니라, 자기가 화가 났다는 걸 전달한 뒤에도 아야세 양은 냉정함을 잊지 않았다.

정말이지 대단한 분노 조절이다.

간격 조정, 이라. 나는 아직 멀었군…….

"……그래도 다행이야."

"응?"

"속옷 디자인, 이상하다고 생각 안 해서. 이상한 감상을 들었다면 그대로 버릴 참이었어."

"……나 어쩐지, 아야세 양이 어떤 성격인지 알 것 같아."

"그래?"

"뭐, 조금이지만."

그렇게 말하자, 아야세 양은 이번엔 약간 웃었다.

●6월 12일 (금요일)

아침부터 아야세 양이 나를 피하고 있다.

피하고 있는 거라고 생각한다. 이유는 모르겠다.

오늘 아침에는 내가 식탁에 앉기도 전에 아야세 양이 얼른 집을 나가 버렸다.

한 마디도 안 하고.

영문을 모르겠다. 어젯밤 그녀의 마지막 미소가 기억에 되살아난다. 분명히 그 순간, 나는 그녀와 지금까지 가장 가깝게 다가갔다고 생각했는데.

아무리 생각해도, 이해할 수가 없다.

비가 내리면 또 함께 통학을 할 수도 있었겠지만, 그 동안에 아야세 양과 대화도 할 수 있었겠지만, 그럴 때는 꼭 날씨가 배신을 한다.

날이 개었다.

자전거를 타고 가면서 나는 6월 12일의 하늘을 올려다보았다. 분할 정도로 파랗다.

이른바 「사츠키바레」다.

참고로 일본에서 음력 5월을 뜻하는 사츠키는, 지금의 양력으로는 대략 5월 말부터 7월 상순의 기간을 말한다. 다시 말해서 사츠키의 대부분은 5월이 아니라 6월이다.

그렇기에 음력에서는 장마의 계절이었고, 따라서 사츠키 바레란 것은 장마 사이에 날이 갠 기간을 가리킨다.

뭐, 인터넷으로 조사하면 금방 알 수 있는 지식이다. 이런 거라도 생각하지 않으면, 아야세 양만 생각하게 되어버리니까.

학교까지 통학로를 달려갔다.

가로수길에 늘어선 나무에는 아직 어젯밤 내린 비의 흔적이 남아 있다. 나뭇잎 위에 담긴 빗방울이 때때로 떨어지고 바람에 날려, 달리는 얼굴에 닿는다.

물방울의 차가움이 잠이 덜 깬 내 머리를 리셋해 주었다.

어쩌면 어제 그 속옷 사건에 아직 화가 났을지도 모른다.

잠시 생각하고, 그게 아니란 결론이 나왔다. 그녀의 성격을 추측해보면, 화났을 때는 그렇게 말할 테니까.

고민하는 사이 학교에 도착했다.

하늘을 올려다보았다. 구름 한 점 없었다.

분명히, 2교시가 체육이었지……. 물론 오늘도 구기 대회 연습이다. 장소도 지난번과 같은 테니스 코트. 아야세 양의 반과 함께 할 거다.

1교시는 현대국어였지만 전혀 집중을 못해서 어떤 수업이었는지 거의 기억이 안 난다. 그리고 2교시가 되어 테니스 코트에 간 나는 여자들 쪽을 자연스럽게 관찰했다.

"으리야아아아아아아앗!"

오늘도 나라사카 양은 컨디션 최고다.

때린 볼도 컨디션 최고여서, 공은 옆 코트까지 날아갔다.

"마아야아아아아아아아아! 쫌!!"

"오오. 홈~런!"

"이 바보!"

테니스는 야구가 아닐 텐데.

즐거운 기색으로 연습에 전념하는 여자들 사이에 아야세 양은 없었다.

그녀의 모습을 찾아보니, 또다시 코트 구석에서 철망에 등을 기대고 이어폰을 귀에 꽂은 채 혼자였다. 하지만 전에 봤을 때처럼 허공을 바라보는 게 아니라, 뭔가 열심히 생각하는 것 같았다.

고개를 숙이고 눈을 감았다. 역시 신경 쓰이네.

수업이 끝날 때, 문득 내 쪽으로 다가온 나라사카 양이 속삭이는 목소리로 말했다.

"있지, 오빠야."

아니, 학교에서도 그렇게 부르기야?

아무리 그래도 한마디 하려던 차에, 기습이 들어왔다.

"사키, 무슨 일 있어?"

그 순간 허를 찔려 할 말을 잃었다. 다시 말해서, 나라사카 양이 보기에도 오늘 아야세 양은 뭔가 평소와 다르다는 것을 느꼈다는 것이다.

"그게, 나도 잘 모르겠어."

"그래? 으음~."

팔짱을 끼고 교실 쪽으로 향하는 나라사카 양. 그녀를 기다리고 있던 여자애들이 힐끔거리며 나를 봤지만, 너희들이 상상할 건덕지는 아무것도 없거든?

"야, 아사무라."

"응? 아아, 마루구나."

돌아보자 절친인 마루 토모카즈가 서 있었다.

"그 기운 빠진 대답은 뭔데?"

"연습하느라 지쳤거든."

"호흡도 보통이고, 옷에 흙도 전혀 안 묻었는데?"

"잘 보고 있네."

그런 마루는, 오늘은 제대로 소프트볼 연습이었나 보다. 상당히 기합이 들어간 연습을 했는지, 온몸이 흙투성이였다.

"뭔데? 빤히 쳐다보고. 내 몸이 가지고 싶어졌냐?"

"세탁이 힘들 것 같다고 생각한 것뿐이야."

"흠. 그러냐? 아사무라라면 1만 정도에 팔아줄 수도 있다만."

팔다니—.

"무, 무슨 말을 하는데!"

"육체노동의 일당이면 그쯤 되잖아. 물 새는 지붕 수리부터, 개집 제작까지 얼추 해봤다. 알바비로 타당하다고 생각한다만."

"……아, 그쪽."

"아사무라여, 무슨 생각을 했지?"

그런 말을 하겠냐?

"유감이지만, 우리 집은 맨션 3층이니까 비도 안 새고, 개집도 만들 예정이 없어. 애당초 개도 안 기르고."

"그러냐. 유감이군. 재빨리 돈 벌기에는 좋다고 생각하는데."

"전이랑 말이 다르지 않아?"

사회의 구조, 장사의 구조를 알고 있는지 아닌지가 돈벌이를 위해서 필요하다고 하지 않았나?

"진정해, 아사무라. 나는 『재빨리』라고 말했다. 생일이 가까우니까."

"누구의?"

아, 입을 다무네.

"다시 말해, 누군가의 생일 선물을 사기 위해서 목돈이 필요하단 말이지?"

"서두르지 않으면 다음 수업에 늦는다, 아사무라."

마루는 그렇게 말하고는 얼른 등을 돌려 앞으로 걸어갔다.

하지만, 그렇구나. 마루도 생일 선물을 보낼 누군가가 있단 말이지.

그 마루한테 말이지.

결국, 학교에 있는 동안 아야세 양과 대화할 기회는 찾아오지 않았다.

LINE을 보내기도 했다.

【어쩐지 기운이 없는데, 무슨 일 있어?】

【아무것도 아냐.】

스탬프를 하나도 달지 않은(애당초 아야세 양은 스탬프 안 쓰는 사람 같지만) 매정한 대답에 거리를 느껴 버린다.

수업이 끝난 뒤엔 자전거를 타고 곧장 알바를 하러 갔다.

평소처럼 요미우리 선배에게 미묘하게 놀림을 받으면서도 어떻게든 일을 마치고, 나는 또다시 자전거를 타고 집에 돌아왔다.

현관문을 열었다. 된장국의 좋은 냄새가 주방 쪽에서 풍겨와 내 코를 매만졌다. 아야세 양, 돌아와 있었네.

"다녀왔어."

안쪽을 향해 말하면서 복도를 나아갔다.

"어서 와……. 식사, 준비 끝났어."

역시 미묘하게 온도 차이가 있는 것 같다. 아닌가? 생각이 지나친가?

"오늘은 생선회?"

테이블 위에 놓인 파란 접시에 얇게 썬 하얀 무가 깔려 있고, 그 위에 두툼하게 자른 생선살이 깔끔하게 놓여 있었다. 아마도 가다랑어다.

"응. 타타키."

"신선해서 맛있어 보이네."

오늘 밤은 순수 일식인가 보다. 된장국은 반달 형태로 자른 감자에 미역이 들어갔다. 잘 익은 감자를 먹으면 몸이 따스해진단 말이지. 장마철의 선선한 이 시기에 딱 좋았다. 찬그릇에는 오이 절임과 단무지가 조금. 우리 집에는 절임통이 없으니까, 이건 이미 절인 것을 사왔겠지.

아야세 양이 접시를 식탁에 놓는 사이에 나는 테이블을 닦고 물을 끓이고, 방금 탄 뜨거운 차를 주전자에서 각자의 찻잔에 따랐다.

"잘 먹겠습니다!"

일단 된장국부터.

표면을 가볍게 젓가락으로 휘저어 된장을 섞고, 들어 올린 그릇을 입가에 댄다. 코끝에 된장의 냄새가 풍기는 가운데, 밀려드는 건더기를 젓가락 끝으로 살짝 누르고 국을 마셨다.

"아아. 역시. 아야세 양의 된장국은 맛있어."

"……그래?"

"뭐라고 해야 하지? 제대로 육수가 우러나와있어. 그리고 된장 맛이 나."

"된장국이니까 당연하잖아."

기가 막힌단 어조로 말하는 아야세 양.

"그렇지도 않아."

나도 지금까지 전혀 요리를 안 한 건 아니다.

그렇지만 이렇게 맛있는 된장국은 만들지 못했다. 내가 만들면 어째서인지 된장국 같은 무언가 밖에 되질 않았다.

이유를 안 것은 내가 요리를 관두고 상당히 지난 다음이다. 어쩌다 읽은 책에 적혀 있었다. 나는 된장을 섞은 다음에 국을 끓였다. 그러면 향이 날아가 버린다.

된장의 향은 주로 발효에 따른 알코올에서 유래된다고 한다. 그야 끓이면 날아가겠지. 알고 나니 과학이었다. 유레카.

혹시 그런 것을 더 빨리 알았다면, 나도 요리에 흥미를 가졌을지도 모르지만……

"자, 다음으로 오늘의 메인 디시를."

"거창해."

"아니 그래도, 이거 정말로 맛있어 보이잖아."

조금 두툼하게 썬 가다랑어 위에 으깬 생강을 올리고, 그것을 젓가락으로 집어 작은 그릇의 간장에 찍었다. 일단 그대로 한 입. 입 안에서 씹었다. 조금 탄력이 있는 생선살을 씹자마자 맛이 혀 위에 쫙 퍼졌다. 맛있다.

"맛있어."

다음은 밥에 올려서 함께 먹어볼까.

"맛있다, 아야세 양. 요리 잘 하네."

"있잖아……. 나는 그저 썰었을 뿐이야. 뭐, 고마워. 어쩌다 보니 타임 세일이라 싸길래……."

"헤에. 일부러 세일을 노려서 사왔구나."

"조금이라도 절약하고 싶으니까."

그러고 보니 아야세 양이 요리를 하게 된 뒤로, 식재료에 드는 비용은 아버지랑 아키코 씨한테 받았을 것이다. 세일을 노리면 그만큼 돈이 자기 손에 남게 되리라.

문득, 나는 전부터 신경 쓰인 것을 물어보기로 했다. 시간이 지나 생각해 보면, 그것이 아무래도 방아쇠가 된 것 같다.

"어째서 그렇게 돈이 필요해?"

내 물음에 아야세 양의 젓가락질이 멈췄다.

가다랑어 타타키 위에서 왔다갔다 망설이는 젓가락.

버릇이 없다고 말할 생각은 없었다. 이건 뭘 먹을까 망설이는 게 아닐 테니까. 나는 그녀가 자연스럽게 입을 열 때까지 기다렸다.

"전에도 말했지만, 다른 사람의 시선이나 기대. 그런 귀찮은 여러 가지에서 해방되려면, 혼자서 살아갈 수 있는 힘이 필요해."

"돈이 힘이란 거구나."

"틀려?"

"아니…… 뭐 틀리진 않았다고 생각해."

돈이 없으면 여러모로 자유롭지 못한 것도 사실이니까. 그렇지만, 돈이 전부라고 말할 생각도 없다. 그것이 지나치게 근시안적이라는 것은 나도 알 수 있다.

"하지만, 좀처럼 돈을 벌 수가 없어."

그녀는 하아, 하고 한숨을 쉬었다.

고개를 숙이는 동작에 맞추어 긴 머리칼이 교복 위에 두른 흰 앞치마의 어깨 끈에서 앞으로 내려왔다. 젓가락을 놓고, 머리칼을 등으로 돌리는 동작까지도 울적해 보였다.

"고액 알바, 찾아보고는 있는데……."

"금방 찾을 거라고 생각하진 않았어."

아야세 양은 그렇게 말하지만, 그러면 내가 일방적으로 취사를 떠넘기게 되니까. 나도 마음이 안 좋단 말이지.

"좀 더 돕는 편이 좋다면 말을 해줘. 그것도 아니면 요리를 좀 건성으로 해도 되고."

"건성으로 하고 있어."

"아침은 30분. 밤은 1시간 만에 끝내도록 하는 거?"

내 지적에 아야세 양은 아차 하는 표정을 지었다.

"알고 있었어?"

"그야, 뭐."

눈치채지. 아야세 양은 요리를 만들 때, 언제나 시계를 힐끔거리며 보고 있다. 그건 조리 시간을 재는 게 아니다.

애당초 공부 시간이 줄어들 것 같다는 이유로, 고액 알바 정보 모으기를 주저할 만큼 시간을 아끼는 사람이니까.

"설령 레시피를 알고 있어도, 지금 이상의 시간을 들여서 식사를 준비할 생각은 없어. 이건 충분히 건성이야."

마치 나는 나쁜 여자라는 표정을 일부러 만드는 것 같다.

"그렇지도 않아."

내가 말하자, 아야세 양의 얼굴이 뜻밖이란 표정으로 바뀌었다.

"어째서?"

"그야, 스킬은 반복하면 숙달되잖아? 그렇다면 단위 시간당 할 수 있는 작업은 늘어날 가능성이 있고, 질도 향상될 가능성이 있어."

"……그래서?"

"같은 1시간을 들여도, 보다 상질의…… 다시 말해서 맛있는 요리가 가능해질 가능성이 있어. 부가가치가 오르는 거지. 그 경우엔 교환하는 나도 부가가치를 올릴 필요가 있어. 안 그러면 불공평하니까."

"그런 일은……."

"있어. 나는 아야세 양에게 아직 아무것도 주지 못했잖아. 이대로는 조만간 균형이 깨질 거라고 생각해."

"그렇게 따지면, 세상의 집안일은 전부 마찬가지잖아. 매일매일 점점 가치가 올라가게 되는걸."

"전부 마찬가지야."

취사만 그런 게 아니다. 세탁도 청소도 재봉도.

온갖 「일」은, 어느 정도까지는 반복하면 숙달된다. 그러니까 직업의 대부분은 근무 연수에 응해서 나름대로 급료가 오른다. 이것은 노화에 따른 작업량이나 질이 저하될 때까지 이어진다. 그것은 가사노동도 본질적으로 마찬가지다.

"우리 엄마는 계속 나를 위해서 몇 년이나 요리를 만들어줬지만, 늘기는커녕 애당초 1엔도 안 받았는걸."

"가치는 교환할 때까지 표면화되지 않는 거야. 가사 노동의 가치는 그걸 외주할 때까지 깨닫지 못해. 같은 작업을 사람을 고용해서 해결하려고 하자마자, 그것이 어느 정도의 가치를 가진 건지 명백해지지. 그게 성가시다니까."

요즘 내 독서가 「노동이란」이나 「돈을 벌기 위해서는」 같은 책이었던 탓에, 어쩐지 좀 어려운 이야기가 술술 입에서 나온다. 자신이 머리가 좋아졌다고 착각을 해버릴 것 같다. 실제로는 그냥 책에서 읽은 거지만.

"나랑 아야세 양은, 취사와 고액 알바 알선 정보를 교환하기로 했잖아? 이걸로 아야세 양의 취사에 가격이 붙었어. 나는 그것과 교환할 수 있는 같은 가치의 무언가를 제공해야 해."

아야세 양이 입을 다물었다. 뭔가 생각하는 모양이다.

말해버렸으니 이제 물러날 수 없지만, 사실 여기엔 그닥 바람직하지는 않지만 간단한 해결책이 있다. 나는 그것을 말하려고 했지만—.

"……식사가 식으니까, 우선 먹자. 거기에 목욕물도 벌써 끓고 있어."

"그, 그래."

나는 말을 꺼내지 못하고, 묵묵히 젓가락을 움직이게 됐다.

아야세 양은 뭔가를 생각하고 있는지, 먹는 동안 계속 고개를 숙인 채 시선을 맞추려고 하지 않았다.

저녁식사 이후 내가 먼저 목욕을 하고, 늘 그렇듯 물을 빼고 다시 채웠다.

옷을 갈아입고, 나는 내 침대에 누워서 책을 읽고 있었다.

학교의 숙제가 없는 건 아니지만, 아직 서두를 단계는 아니다. 토요일도 일요일도 있다. 사온 책을 읽는 것 정도는…….

요전에 알바를 하다가 발견한, 표지에 한 가득 미소녀가 깔려 있는 라이트 노벨.

……괴작인가 싶었는데, 이 책 꽤 재미있네…….

……그건 그렇고, 반 애들 모두와 사귀다니……. 허어…….

풀썩, 얼굴에 책이 떨어졌다.

"아얏!"

진심으로 소리를 내며 놀랐다. 심장이 쿵쾅거린다.

"아아~. ……아무래도 자는 게 좋겠네."

상당히 피로가 쌓여 있는 모양이다.

시계를 보니 아직 그렇게 늦은 시간이 아니다. 평소에는 아버지가 돌아올 무렵이지만, 누군가 돌아온 기척은 없었다. 금요일이니까 거절할 수 없는 술자리라도 간 걸까? 막차 끊기기 전에는 어떻게든 돌아오시겠지.

딸깍 소리가 나고, 갑자기 방이 어두워졌다.

다시 한 번 같은 소리. 조명이 나이트 모드로 바뀌었다. 오렌지색의 약한 불빛 속에서 문이 살짝 열리고 어둠 속에서 빛의 선이 생겼다. 그리고 조용히 닫혔다. 누군가 들어왔다는 것이다. 뭐, 누군가라고 해도 아야세 양 말고는 없다. 있다면 도둑이지.

내 방에 무슨 용건이지? 거기다 불까지 끄고서.

어쩌면 졸음이 한계라서, 자기 방이랑 착각한 걸까?

여기, 내 방이야. 그렇게 말을 하려다가, 그 말을 꿀꺽 삼켰다.

"아사무라 군, 아직 안 자?"

그렇게 말하면서 다가온 아야세 양에게서 달콤한 보디워시 향이 풍겼다.

그렇지만 내가 숨을 삼킨 것은, 그녀가 목욕하고 나온 참이라서가 아니다.

그것뿐이라면, 지금까지 벌써 몇 번이나 봤다.

목욕은 마지막에.

취침도 마지막에.

아야세 양이 그렇게 정했지만, 그렇다고 해서 그녀와 완전히 마주치지 않는 건 불가능하다. 예를 들어 밤중에 눈이 떠져서, 물 한 잔 마시러 주방에 갔다가 잠옷 차림의 그녀와 마주친 일도 있었다……. 그건 그거대로 고교생 남자에게는 자극적이었지만. 그렇지만, 지금 내게 다가오는 아야세 양은 그런 레벨이 아니었다.

스르륵 천이 스치는 소리. 폴싹, 하고 바닥에 떨어지는 천 소리. 명백하게, 입고 있던 것을 벗어버린 기척이다.

문 너머의 조명은 완전히 차단되었기에 어슴푸레하고 희미한 시야였다. 색도 분명치 않은데도 아야세 양의 몸의 윤곽은 묘하게 확실히 뇌에 새겨져버린다.

잘록한 웨스트에서 둥그런 곡선을 띠면서 부풀어 오르는 허리까지의 기복도, 어깨부터 뻗은 늘씬한 팔도 선명하게. 그것은 몸의 윤곽을 감추는 펑퍼짐한 잠옷 차림으로는 볼 수 없는 광경이다.

다시 말해서, 아야세 양은 속옷만 입은 모습이었다.

걸어올 때마다 좌우로 흔들리는 허리의 움직임에 눈길이 빨려 들어갔다.

"있지, 아사무라 군. 할 말이 있는데."

아야세 양은 침대까지 앞으로 한 걸음 거리까지 다가오더니, 거기서 일단 망설이듯 발을 멈추었다.

"할 말이라니……."

나는 입 안이 바짝 말라서 목소리가 갈라져 있었다.

아야세 양이 마지막 한 걸음을 내딛더니 내 옆에 양손을 짚고, 침대에 엎드리듯 올라와 나를 들여다보며 시선을 맞추었다.

"내 몸, 살 수 있어?"

숨결이 닿을 법한 거리에서 말했다.

옅은 실링 라이트에 역광이 비춰진 아야세 양의 얼굴이 보인다.

"뭐……?"

한순간, 머리가 새하얘졌다.

뭔데? 대체? 아야세 양이 무슨 말을 한 거지?

고개 숙인 아야세 양의 표정은 흐릿한 조명 속에 가라앉아 잘 안 보인다. 그녀는 말끝을 떨면서, 「응? 어때?」라고 물었다.

"어……어떻냐니?"

"말 그대로의 뜻이야. 몸을 살 수 있냐고 물었어. 그러니까 그게, 금전이랑 교환할 수 있냐는 건데."

"……."

"요전 일로, 그게, 내 몸은, 네가 보기에 욕망을 유발할 소재가 된다는 걸 알았고, 딱히 그게…… 마지막까지가 아니라도 괜찮으니까 말이야? 그러니까 쓸 수 있을까 해서."

"야야야야……."

"그치만. 합리적으로 생각했더니 여기에 도달했어."

합리적이란 게 대체 뭐더라?

"생각해 줘."

"아, 네."

이성이 황천길까지 도망칠 뻔했던 나는 어떻게든 의식을 바로잡았다.

"우리들, 벌써 고등학생이잖아."

"……그렇지."

"그러니까, 저기. 혼자가 아니면 하기 힘든 낯간지러운 행위도 있잖아?"

혼자가 아니면 하기 힘든 낯간지러운 행위.

2차 성징을 맞이한 남녀의 그거 말이지?

뭐, 있지. 그거야 부정해도 어쩔 수가 없다고. 네. 있고 말고요. 나는 딱히 성인군자가 아니다. 평범한 남자 고교생이니까 숨겨도 소용이 없지만, 그래도 또래의 여자애랑 그런 이야기를 하게 될 줄은 몰랐다.

"앞으로 한 지붕 아래 있으면, 우연히 그런 장면을 마주쳐 버리는 해프닝이 있을지도 몰라."

"생각하기 싫은 우연이네."

"하지만, 나는 생각했어. 그건 예상 밖이니까 난처한 거고, 처음부터 서로 양해를 하고서 정기적으로 함께 해결해

버리면 서로에게 메리트가 있지 않아?"

"어디서 그런 발상이 나온 거야……?"

"아사무라 군은 내 요리를 높게 평가해주고 있지만……."

갑자기 화제가 바뀌어서 나는 당황했다. 저녁식사 때 얘기라는 걸 간신히 떠올렸다.

"……그때 생각했어. 그러면 요리 값을 아사무라 군에게 청구하면, 나는 큰 고생 없이 돈을 얻을 수 있어."

"그건, 그렇지."

그건 나도 생각했다. 그때 결코 바람직하지 않은 간단한 해결책이라고 생각했던 것에 아야세 양도 도달한 모양이다.

"고액……은 아니지만, 내가 지불하는 코스트는 최소한이면 돼."

"괜찮게 들리네."

그러나 아야세 양은 고개를 옆으로 저었다.

"나는 그게 돈을 받을 정도라고는 생각할 수가 없어. 그러니까, 내가 볼 때 테이크가 너무 커. 하지만 솔직히, 돈은 필요해. 그리고 내가 제공할 수 있는, 돈이 되는 것이 뭔지 생각했어."

"그러니까, 리스크가 적은 고액 알바를 생각하다 한 식구 상대로 **밤일**을 하는 것을 떠올렸다. 그거야?"

그녀는 말없이 고개를 끄덕인다.

달려가면 안 되는 방향으로 사고가 폭주하고 있네.

"그건…… 실제로 하면, 좀 어색함이 남을지도 모르지만, 모르는 사람을 상대하는 것과 비교하면 아사무라 군은 상냥할 것 같은데…… 마지막까지 해도 피임해줄 것 같고."

모르는 사람 상대하는 것까지 생각은 했구나.

"이 정도까지 한다면, 비싼 금액을 청구해도 마음이 아프지 않을까, 싶어서."

뚝. 머릿속 한구석에서 무언가가 끊어지는 소리가 들렸다. 몸을 벌떡 일으키고 손을 뻗었다.

그녀의 어깨가 움찔 튀어 올랐다.

그 솔직한 반응에, 나는 죄책감을 느끼면서도 강철 같은 의지로 입을 열었다.

"그거, 내가 가장 싫어하는 타입의 여자야. 아야세 양."

"엇……."

험담은 싫어한다. 마음에 상처를 주는 종류의 말은 설령 어떤 이유가 있어도 듣기 싫고, 자신의 입에서 그 말을 하는 것도 구역질이 날 정도로 불쾌하다.

하지만 지금은 말해야 한다.

아야세 양의 이 폭주만큼은, 지금 여기서 어떤 수단을 써서라도 막아야만 한다.

아버지와 아키코 씨의 얼굴을 떠올렸다.

전처의 배신으로 풀이 죽어서 자포자기하는 모습을 친아들에게 보인 아버지가, 그렇게나 행복해 보이는 표정을 보인 것이 얼마 만일까? 허세를 부리는 게 꼴사납다. 헤벌쭉해서 한심하다. 그런 식으로 기가 막히면서도, 나는 아버지의 행복해 보이는 얼굴에 안도했고 응원하고 싶었다.

아키코 씨도, 어떤 사정이 있었는지는 모르지만 전남편 사이에서 무슨 문제가 있었으니 이혼을 했겠지. 그러나 그런 과거 따위 조금도 느껴지지 않을 정도로 행복해 보이는 얼굴이었다.

아야세 양의 지금 이 행동과 제안 앞에서 기다리는 것은, 아무리 생각해도 두 사람의 얼굴에 또다시 불행이나 실의를 덧칠하게 될 미래다. 아무리 그래도, 인정할 수는 없다.

서로에게 아무 기대도 하지 말자.

그 스탠스를 우리는 처음에 확인하고, 적당한 거리감을 유지하려고 했다.

그러니까 이것은 아야세 양이라면 이런 일은 하지 않을 거라고 기대를 해버렸기 때문에 일어난 감정이며, 어떤 의미로 내가 약속을 깬 거라고 할 수 있다.

그렇지만 초지일관의 이야기를 하자면, 아야세 양이 벗어나 있었다.

"외모가 좋은 것만 무기 삼아 돈을 번다. 그런 말을 듣기 싫은 거 아니었어?"

아야세 양이 어째서 여자란 이유로 얕보이는 걸 싫어하

고 자립하려는 건지는 모르지만, 그녀가 지금 하려는 일은 그야말로 세상이 깔보는 여자의 모습 그 자체가 아닌가?

아야세 양 말처럼 일종의 수요와 공급이 맞물린다는 점은, 분명히 맞기는 하다.

흔히 원조 교제나 밤일은 찰나의 행동이며 당장 돈이 필요한 바보가 하는 일이라고 생각하기 쉬운데, 고학력에 일반적으로 머리가 좋다는 여성들 중에도 하는 사람이 많다고 들은 적이 있다.

아야세 양처럼 합리적인 사고 끝에 그 결론에 도달해 버리는 일도, 꽤 많은 걸지도 모른다.

그렇지만, 역시나 너무 안이하다. 그리고 그녀 자신의 신념과 모순된다.

모순을 모순인 채로 두고 타인에게 폐를 끼치는 사람은, 유감이지만 좋아할 수가 없다. 타인이라면 무시하면 되지만, 가족이라면, 오빠라면, 더더욱 방치할 수 없었다.

나는 덮고 있던 얇은 이불로 그녀의 몸이 식지 않도록 감싸주고, 말을 이었다.

"그런 쪽이 아니라, 남자든 여자든 상관없는 방법을 보여주지 않으면 의미가 없잖아?"

"하, 하지만, 이건 내가 남자라고 해도 가능한 방법이야. 그러니까 반드시 여자라는 것만 무기로 벌려는 건—."

아야세 양이 남동생이었다고 해도?

한순간, 얼굴은 그대로에 소년 체형의 아야세 양이 얇은 옷을 입고 침대에서 나를 흘겨보는 영상이 떠올라버렸다. 그건 그거대로 뭔가 충분히 잘못을 범해버릴 것 같다고 생각하다가, 그런 위태로운 자신의 망상을 황급히 이성으로 지워버렸다.

"억지 부리지 말고."

"아, 네. 미안, 해요."

차가운 음성에 밀렸는지, 풀이 죽어 고개를 숙이는 아야세 양. 그 모습에 나는 말하기 어려운 불안과, 분함 같은 것을 느꼈다. 그녀를 알게 된 뒤로, 그녀가 소문과는 정반대의 인물이라는 걸 알아가고 있었다. 하지만 지금은 소문 그대로의 방향으로 굴러 떨어질 것 같았다. 그런 위태로움을 가지고 있는 사람이라는 것도 알고 말았다.

정말로.

정말로, 처음이 나라 다행이다……

"뭐, 이해했으면 됐어. 그리고, 나는 아야세 양의, 그…… 대가 따위 없어도 요리에 돈을 지불할 생각이 있어. 다만, 그거, 문제도 있거든."

내가 바람직하지 않은 해결책이라고 생각하는 이유.

"문제……?"

아야세 양이 고개를 갸웃거렸다.

"가정 안에서 금전을 주고받는 한, 가계의 수입은 안 늘어."

"······무슨 소리야?"

"우리 부모님은 바빠서 좀처럼 장을 보러 가지도 못하니까. 비싼 가구나 가전제품이 아니면 금방 살 수 있도록, 용돈 말고도 매월 어느 정도 돈을 주잖아."

"그렇······지."

"거기에 나도 알바를 하고 있으니까, 마음만 먹으면 나는 아야세 양의 요리에 돈을 낼 수 있어. 하지만, 생각해봐. 만약, 내가 예를 들어 병에 걸려 알바비를 못 벌게 되면, 그 순간에 아야세 양의 수입도 멈추잖아. 그렇다고 아야세 양, 그 날부터 요리를 관둘 수 있어?"

그렇게 말하자, 아야세 양이 퍼뜩 고개를 들었다.

"아야세 양의 수입원이 가족에 의존하고 있는 단계에서, 정당한 노동의 평가로서 돈벌이를 할 수 있는지 없는지는 불명확함이 동반되는 거야."

"그렇, 네. 그래. 생각도 못했어."

"물론, 식구가 지불해주는 것의 메리트도 있긴 해. 속이기 어렵지. 바깥에서 돈을 벌면 정당한 대가를 받기 위해 언제나 조심해야 하니까. 하지만, 설령 그 정도로 고액이 아니더라도 자신의 노동을 객관적으로 평가해주는 외부에 대가를 요구하는 편이 좋지 않을까 생각하거든."

아야세 양이 입을 다물었다.

내가 한 말에 대해 생각하는 거겠지.

"내 조언은 여기까지. 고액 알바 찾기도 계속할 거야. 하지만, 이런 건 안 돼."

"네. ……잘못했어요."

"그래."

나는 한 마디로 아야세 양의 반성을 받아들였다. 끈질기게 비아냥거리는 설교를 계속하는 취미는 없다.

"다만, 조금 더 대화가 필요하겠어."

"어?"

"솔직히, 아야세 양이 이런 짓을 하는 타입이라고 생각 못했어."

"그건, 뭐. 나도 그래."

"이번 일은, 아야세 양을 정확하게 파악하지 못해서 생긴 일이라고 생각하거든. 그러니까, 좀 더 알고 싶어졌어. 아야세 양에 대해."

"……그렇네. 과거 이야기를 하는 건 그다지 좋아하지 않지만, 아사무라 군한테는 폐를 끼쳤으니까."

아야세 양은 잠시 눈을 감고 생각에 잠겼다가, 한숨을 쉬고 띄엄띄엄 어떤 추억을 이야기하기 시작했다.

그건 그녀의 어린 시절 이야기였다.

아야세 양의 친아버지는 본래 우수한 기업가였다고 한다.

그러나 동료의 배신으로 회사를 빼앗긴 뒤부터 인간불신에 빠져서, 열등감에도 시달리며 처와 딸과 거리를 두게 되었다.

"열등감?"

"지금 생각하면, 아빠는 질투를 한 걸지도 몰라. 고졸인 내가 성공하려면 물장사밖에 없었다고 엄마는 자주 말했지만, 일하는 곳의 동료들 평가를 들어보면 엄마는 그 중에서도 빼어나게 인기가 있다고 하니까."

"아키코 씨, 이야기를 잘 들어주니까. 밝고."

"응. ……아빠는, 내가 어렸을 무렵에는 상냥한 사람이었던 것 같아. 하지만, 회사가 실패한 뒤부터 변해버렸어."

집에는 차츰 오지 않게 되고, 밖에서 여자를 만들어 거기에만 죽치고 있게 됐다. 아야세 양과 아키코 씨에게 애정을 쏟지 않게 되었다. 집에 돈을 벌어오지도 않으니까 아키코 씨는 자신이 번 돈으로 아야세 양을 키우는 수밖에 없었지만, 그걸 해내는 그녀에게 점점 더 아버지는 질투를 하게 됐다.

아내가 우수하다고 인정하면 자신의 한심함이 가속되니까 어차피 물장사라고 업신여기고, 남자가 생긴 거 아니냐고 의심하기까지 했다.

"그렇다고 엄마를 고생시켜도 되는 건 아니라고 생각하는데."

그것이 아야세 양이 세상이 깔보는 여성상을 싫어하는 이유구나…….

"맞는 말이야."

강한 어조로 무심코 흘러나온 내 본심에, 아야세 양이 다시 고개를 들고 나를 보았다.

"아사무라 군?"

"아, 아니, 뭐. 우리 집도 비슷한 거였으니까."

"아사무라 군도?"

"그래. 아버지는 한때 여성 공포증 같았거든. 용케도 재혼을 했단 말이지. 아키코 씨 덕분일지도 몰라."

"여성 공포증? 새아버지가?"

"그래."

"그래……."

혹시, 아사무라 군도?

그런 말이 작게 들렸지만, 나는 못 들은 척했다.

"아아, 그래서 엄마랑 미묘하게 거리가 멀구나……."

아야세 양이 중얼거렸다. 아무래도 내가 아키코 씨와 거리감을 잘 재지 못하고 있는 게 들킨 모양이군.

"우리들, 닮았네."

"그럴지도 모르지."

"……글러먹은 부분도 포함해서."

나는 무심코 쓴웃음을 지어 버렸다. 부정할 수가 없네.

"뭐, 그러니까. 그런 글러먹은 부분도 포함해서 우리는 잘 해나갈 수 있지 않을까? 오빠와 여동생으로서."

"오빠와 여동생······으로서?"

"그래."

문득 작게 웃음을 흘리고, 그 뒤에 무거운 짐을 내려놓은 것처럼 아야세 양이 몸에서 힘을 뺐다.

"······앞으로도 잘 부탁해, 아사무라 군."

"잘 부탁해. 아, 그러면 잘 부탁하는 김에 한 번『오빠』라고 불러주면—."

"그건 싫어."

"아아······."

유감이다, 라고 생각한다. 그러나 뭐 서두를 필요 없으려나. 우리는 앞으로 오랫동안 남매로 지낼 테니까.

"아사무라 군. 나, 그 이상은 나아갈 생각 없어."

아야세 양은 몸에 두른 이불을 벗더니, 가지런히 개어서 침대 위에 두었다.

그러곤 얼굴을 한껏 접근시켰다.

"싫 · 어."

목욕한 뒤의 살짝 짙게 물든 입술이, 두 음절을 내 얼굴에 쏘아냈다.

알았어, 알았다니까.

뭐 좋아.

이 예쁜, 하지만 조금 위태로운 의붓 여동생과의 생활은 이제 시작된 참이니까.

●6월 13일 (토요일)

거실 테이블 위에 놓인 하얀 클로스.

창문에서 들어오는 아침의 빛이, 늘어선 그릇 테두리를 따라서 그려져 있는 은 장식 무늬를 반짝이게 만든다. 그릇 위에는 마치 보름달처럼 형태가 무너지지 않은 계란프라이가 중앙에 깔끔하게 담겨 있었다. 아버지 것과, 아야세 양 것과—.

"자, 손 조금 치워봐."

아야세 양의 말에 나는 테이블을 닦고 있던 손을 황급히 치웠다.

"아사무라 군은 이거야."

그렇게 말하면서 내 앞에, 달칵 그릇을 놓았다. 파란 그릇 위에 노란빛의 계란말이가 정갈하게 정돈된 형태로 놓여 있었다. 콕콕 젓가락으로 찌르자, 자른 단면을 따라 차례대로 기울어 먹기 쉬운 사이즈가 되었다.

"혹시, 육수 계란말이야?"

"먹고 싶어 했잖아. 뭐, 토요일이라 시간이 남으니까 가끔씩은? 하지만, 완성도는 기대하지 마."

조금 쑥스러운 어조로 말했다.

"기쁜걸."

"사키의 수제구나~. 좋겠다아. 야, 유우타~. 아빠도 조금 나눠줄래?"

아버지가 말하자, 아야세 양이 겸손해한다.

"그렇게 부러워하실 만큼 잘 만든 건 아니에요."

"그럴 리가. 예쁘게 잘 만들었는데. 맛있어 보여. 응? 유우타~."

그러면서 의붓 딸의 수제 요리를 부러운 기색으로 바라보는 아버지의 접시에, 나는 몇 갠가 나눠주었다.

정말이지. 아버지 눈앞의 계란프라이도 똑같은 수제일 텐데.

"후와아…… 다들 일찍 일어났네."

여태 들은 적이 없는 졸음기 섞인 목소리에 나는 돌아보았다.

아키코 씨가 잠옷에 가운을 걸치기만 한 모습으로 졸린 눈을 비비고 있었다.

머리도 아직 빗지 않았는지, 군데군데 삐쳐 있었다. 어쩐지 나긋한 인상을 주는 아키코 씨지만, 그 모습은 아무리 봐도 나긋하다기보다 느슨하다에 가까웠다.

"대체 몇……시."

시선을 거실의 시계에 보내고, 아키코 씨가 퍼뜩 눈을 부릅떴다.

"어, 말도 안 돼……."

토요일이라 아침 식사는 평소보다 1시간 늦게 하고 있었다. 아버지는 출근을 안 하고, 나도 아야세 양도 학교에 안 간다. 그리고 이건 귀가가 늦어지기 일쑤라 잠이 부족한 아키코 씨에 대한 배려이기도 했다.

"아직 더 자도 돼, 아키코 씨. 어제도 늦게 왔잖아."

"아뇨, 타이치 씨. 아아, 사키도 미안. 혼자서 다 했구나."

"괜찮아. 그보다 엄마……. 그 차림, 아사무라 군한테는 자극이 너무 강하고, 새아버지한테는 너무 안쓰러워."

"어……."

새삼 시선을 자기 몸에 내린 아키코 씨가 꺄아 하고 외쳤다.

그러곤 허둥지둥 침실로 달려갔다.

"아, 아키코 씨! 기다려. 할 얘기가 있어."

아버지가 황급히 쫓아갔다.

"정말이지……."

"하아. 이제 슬슬 내숭도 벗겨지고 있네~."

"그런 거야?"

"일주일은 지속됐으니까 칭찬해 줘."

그렇구나, 라고 답해도 되는 걸까 모르겠다.

"일단 저 사람의 명예를 위해서 말해두자면, 저렇게 늘어지는 건 일어난 직후뿐이야."

그렇구나. 뭐, 나도 그렇게 아침에 강하진 않다.

"차광 커튼 덕분일까?"

"그럴지도 몰라."

어제 새로운 커튼이 도착했다. 차광뿐 아니라, 방음 효과에 단열 효과까지 있다. 여름에는 시원하고 겨울엔 따뜻하다. 이걸로 수면이 부족한 아키코 씨의 건강을 지킬 수 있다면 싼 거라고 아버지가 말했다.

띵 소리가 나고, 아야세 양이 오븐 토스터를 보았다. 그리고 토스트 두 장을 꺼내 그릇에 올렸다.

"좀 더 필요하면 말해."

"아니, 충분해."

오늘은 밥이 아니라 토스트구나. 아버지 몫을 던져 넣고 다시 타이머를 돌렸다. 돌아올 때까지는 다 구워지겠지.

"육수 계란말이에 토스트는 좀 이상하지만."

"이상하진 않아, 아야세 양."

말은 안 했지만 일부러 만들어줘서 고마워, 란 뜻도 있었다.

거기에다 큰 그릇에 담긴 샐러드와 콩소메 수프가 있다. 아침 식사로는 충분하다. 된장국이 없는 건 아쉽지만. 아하, 그 시간을 육수 계란말이에 썼다는 걸 깨달았다.

잘 먹겠습니다, 두 손으로 인사하고 얼른 달걀을 젓가락으로 집었다.

"오오, 맛있어!"

"거창해."

"그렇지 않아. 아키코 씨 것도 맛있었지만, 이것도 비슷할 정도로 맛있어."

"그래?"

"그럼!"

"뭐, 그렇다면. 다음에 또 만들어줄게."

"ㅡ시간이 남을 때 해주면 돼."

"ㅡ시간이 남을 때 할게."

같은 의미의 말을 같은 타이밍에 말해서, 무심코 둘은 말문이 막혔다.

잠시 말없이 아침 식사를 먹었다.

아버지랑 아키코 씨 늦네. 이러다 다 먹어 버리겠는데.

"그렇구나, 벌써 일주일이네."

"뭐가?"

"아까 말했잖아? 아야세 양과 아키코 씨가 이 집에 온 게 일요일이니까, 내일이면 딱 일주일이 되잖아."

"그래서? 일주일 기념이라도 할까?"

"뭐……. 그것도 좋겠네."

"진짜로?"

그녀는 「믿을 수 없어. 무슨 생각을 하는 거야?」라는 눈으로 나를 쳐다보자, 그만 웃어버렸다.

"만약 아버지가 깨달으면, 하자고 말을 꺼낼걸."

"아……."

"아버지, 원래 그런 거 좋아하거든. 하지만 그보다도 두 사람의 시간을 만들어주는 편이 좋으려나."

아버지도 아키코 씨도 「서로 재혼하는 사이니까」라며, 여태 식도 안 올리고 단둘이 여행도 안 갔다.

"아, 그건 그거대로 괜찮겠다."

"그렇지?"

"뭔데? 무슨 얘기를 그렇게 즐겁게 하고 있어? 사키, 유우타."

아버지와 아키코 씨가 돌아왔다.

"아무것도 아냐. 대단한 건 아니고."

아버지에게는 나중에 아키코 씨를 저녁 식사에 데려가라고 말해둬야지.

마침 그 타이밍에 구워진 토스트를 접시에 담아서 아야세 양이 아버지 앞에 두었다.

"사키, 나는―."

"한 장이면 된다는 거지?"

다 알아요, 라고 아야세 양이 아키코 씨에게 말했다.

여덟 장의 식빵 중 두 장을 토스터에 넣고 타이머를 돌렸다.

그렇다면 마지막 한 장은 자기 몫이겠지. 기브 앤 테이크의 기브를 넉넉하게, 자기 것은 마지막에. 역시, 철저하네.

"아야세 양도 한 장?"

"아침부터 그렇게 많이는 못 먹으니까."

"기억해둘게."

"고마워."

간격 조정은 중요하다.

"두 사람은 사이가 참 좋아졌네에."

"완전히 남매가 다 됐어."

"기뻐라."

아버지랑 아키코 씨가 눈웃음을 지었다.

그렇게 보인다면 다행이다. 어젯밤에는 파국 코앞까지 갔었지만.

조금 늦은 아침 식사가 끝날 무렵에는 창밖에서 쏟아지는 햇살이 상당히 강해져 있었다.

하얀 구름이 파란색 하늘에 떠 있는 것이 확실하게 보인다. 아아, 이제 곧 여름이구나 하고 느꼈다.

기온도 올라갔다. 아직 에어컨을 켤 정도는 아니라서 창을 열었다.

장마 틈의 짧게 갠 날.

창문에서 들어온 바람이 가족이 된 우리들 네 사람 사이로, 풍부한 바깥 녹음의 냄새를 나르며 지나갔다.

●에필로그　아야세 사키의 일기

6월 7일(일요일)

　솔직히 말해서 안심했다.
　나쁜 사람이 아니라는 건 처음 봤을 때 알았다.
　배려를 할 줄 아는 사람이라는 것도.
　나중에 목욕하는 나를 위해서 일부러 물을 다시 채워주
는 사람.

　설마 스이세이일 거라고 생각은 못했지만.

6월 8일(월요일)

　아사무라 군이 학교에서 말을 걸어왔다.

　상상 이상으로 아사무라 군은 편견이 없는 사람이다.
　내 소문을 믿은 것은 좀 그렇긴 하지만, 어쩔 수 없다고
도 생각했다. 내가 어떤 식의 시선을 받는지는 알고 있으
니까.
　하지만, 화를 내고.

화가 난 것을 인정해 주었고.

그 뒤로 귀찮아하지 않고 간격 조정을 해준 사람은 처음일지도 몰라.

6월 9일(화요일)

메모: 아사무라 군의 계란프라이는 간장.

오늘부터 취사를 한다.

아사무라 군이 고액 알바를 찾아준다고 하니까, 이 정도는 내가 담당해야지.

알바 자리를 찾지 못했다고 미안한 기색으로 말을 해주지만, 나도 그렇게 간단히 찾을 수 있다고 생각 안 한다.

타인에게 잘 의지한다. 라.

말처럼 쉬웠다면…… 말이지.

6월 10일(목요일)

우우, 창피해.

설마 이어폰 소리를 들키다니.

노력하는 모습, 꼴사나우니까 보여주고 싶지 않았는데.

마아야가 새로운 집에 놀러 왔다. 여전히 소란스럽고 귀찮다.

셋이서 놀고, 잔뜩 웃고. 이렇게 웃은 게 얼마만이지?

LINE도 교환했다.

아이콘이 풍경 사진이라는 게 아사무라 군답네.

우산, 고마워.

6월 11일(목요일)

일단 속옷을 방에 널 때는 문 상태를 주의해야지. 그러자.

속옷은 그냥 천 조각일 뿐인데 그것에 눈길을 빼앗겼다니, 아사무라 군…….

다행히, 범죄를 저지를 생각은 없었나 보다.

하지만…….

안 한다고 했다. 욕망을 가지는 것과, 그걸 행동으로 옮기는 것은 다른 거라고.

정말이지 나도 동감이야.

아사무라 군의 의견을 들으면, 언제나 일일이 내가 공감할 수 있는 말 뿐이라는 걸 깨닫게 된다. 그러니까 이렇게 편한 걸까?

아사무라 군은 위험해.

나를, 너무 잘 이해해준다.

6월 12일(금요일)

아사무라 군에게 처음으로 혼났다.

흐름에 휩쓸려서 그 녀석 이야기도 해버렸다. 떠올리고 싶지도 않았는데. 그리고, 아사무라 군도 나와 비슷한 과거가 있는 것 같다. 못 물어봤지만.
잔뜩 이야기를 했고, 말하지 못한 것도 있다.

몸을 팔아보려고 할 정도로, 나는 아사무라 군에게 빚을 만드는 게 무서웠다.

6월 13일(토요일)

밤에는 아사무라 군과 둘이서 저녁 식사를 했다.
엄마랑 새아버지를 디너에 배웅하는 것에 성공했으니까.
먼저 말을 꺼낸 건 아사무라 군이다. 그는 정말로 세세한 배려를 하는 사람이다.

그렇기에, 그를 「오빠」라고 부를 수는 없다.

한 번이라도 불러버리면, 나는 그에게 끝없이 어리광을 부려버린다.

그것만큼은 절대 안 돼.

미안, 아사무라 군.

하지만 아사무라 군—이라고 부를 때마다, 마음속에서 오빠라고 부르는 것과 다른 뭔가 말하기 어려운 감정이 솟아오른다.

지금까지 느껴본 적이 없는 마음에, 스스로도 감정에 이름을 붙일 수가 없어.

깨닫고 보니 아사무라 군을 의식하고 있다.

뭔가 답답하다.

요즘엔 이불을 뒤집어써도, 좀처럼 잠들 수가 없다.

스마트폰으로 마음이 진정되는 음악을 들으며 천천히 머릿속을 치유하지 않으면, 손발이 굳어져서 풀리질 않는다. 음악의 힘에 의지하지 않으면 잠들지도 못하다니. 자립해서 살아가려고 하는 주제에, 스스로 자신이 한심하게 느껴진다.

······이건, 대체 뭘까? 정말로.

■ 미카와 고스트 후기

소설판 「의매생활」을 구매해주신 여러분, 정말 감사합니다. YouTube판의 원작 & 소설판 작가인 미카와 고스트입니다. 본업은 이렇게 소설을 써서 독자 여러분에게 보내드리는 것입니다만, 이번에는 또 한 발자국 파고들어 여러분의 생활에 밀착한 작품 만들기에 도전했습니다. 작품의 내용 자체도, 드라스틱하고 드라마틱하며 작위성이 강한 것이 아니라, 어디까지나 아사무라 유우타와 아야세 사키 같은 인물이 보내는 일상을 하루 단위로 꼼꼼하게, 그러면서도 분명한 변화를 그려가는 형태입니다. YouTube 채널에서 동영상 컨텐츠를 정기적으로 공개하는 것 말고도, 낭독 동영상을 비롯한 여러모로 전개하여 그들을 보다 가까운 존재로 느낄 수 있으면 좋겠다고 생각합니다.

이어서 감사 인사입니다. 일러스트의 Hiten 씨, 아야세 사키 역의 나카시마 유키 씨, 아사무라 유우타 역의 아마사키 코헤이 씨, 나라사카 마아야 역의 스즈키 아유 씨, 마루 토모카즈 역의 하마노 다이키 씨, 동영상 디렉터인 오치아이 유우스케 씨나 선전 담당을 비롯한 YouTube판의 스탭 여러분. 이 작품에 연관되어 계신 모든 관계자 여러분, 덕분에 여기까지 왔습니다. 고맙습니다!

그리고 독자 여러분. 동영상 팬 여러분. 앞으로도 「의매생활」을 오래오래 응원해주시면 좋겠습니다.

처음 뵙겠습니다. 일러스트 담당 Hiten입니다.

의매생활 소설 발매 정말로 축하드립니다!

이렇게 호화로운 분들이 연관된 작품에

참가할 수 있게 되어 영광입니다…….

YouTube에서는 제 일러스트에

목소리를 입혀주시는 행복을

매번 곱씹고 있습니다.

정말로 고맙습니다…!

앞으로도 일개 독자로서 앞으로의 전개를

기대하고 있겠습니다!

참고로 저는
간장파입니다.

PEPPER

Hiten

일러스트
Hiten 후기

아야세 사키 역
나카시마 유키 후기

소설 『의매생활』을 구매해 주셔서
정말로 감사합니다!!
YouTube에서 전개되고 있던 세계가,
이렇게 소설 속에서도 펼쳐지다니……!!
너무나 감동했어요!
사키를 담당하는 것이 정해졌을 때
정말로 기뻐서 작품도 점점 커지면 좋겠다고 생각했는데,
여러분 덕분에 사키나 아사무라 군의 여러 모습을
볼 수 있게 되어 정말로 기쁩니다!
이번 소설은 영상과는 또 다른 스토리가
전개될 거라고 생각합니다!
"이런 세계관의 『의매생활』도 좋아……!!!!"
"사키, 아사무라 군, 마아야, 마루의 대사가 들려……!!!"
라고 해주시면, 참 기쁠 거예요!
그리고 소설부터 읽으신 분은,
부디 YouTube판 『의매생활』도
즐겨주시면 좋겠다고 생각합니다!
앞으로도 사키의 캐릭터를 무너뜨리지 않으면서,
잔뜩 놀며 매력을 끌어낼 수 있도록 노력하고 싶습니다!
이 네 사람의 이야기를
앞으로도 응원해 주세요!

아사무라 유우타 역
아마사키 코헤이 후기

『의매생활』을 마지막까지 읽어주셔서
정말로 감사합니다!!
자기가 쓴 것도 아니면서 뭘 잘났다고 말하는 거야?
그렇죠……. 죄송합니다.
다만, YouTube에서 시작한 『의매생활』에서부터
아사무라 유우타 역을 연기해온 저로서는,
정말로 정말로 기쁜 일입니다.
이것을 적고 있는 시점에서는 아직 소설을 읽지 못했기 때문에,
얼른 읽고 싶네요!!
옛날부터 소설이나 게임에서 주인공의 대사를 소리 내어 읽으며
즐기고 있었습니다만, 『의매생활』의 경우는 내가 공식 목소리잖아!
해냈다~!! 라며, 어쩐지 들뜬 기분입니다. 성우 1년차냐고!!
그 정도로 기쁩니다.
YouTube 쪽도 매번 아주 즐겁게 연기를 하고 있으니,
앞으로도 응원 부탁드립니다!!
좋아요 버튼과 채널 구독, 그리고 댓글도 매번 엄청 기쁩니다☆
잘 부탁드립니다!!

그리고! 꿈이 하나 있어요!!

언젠가, 소설판의 아사무라 군을 통째로 연기할 기회가 생긴다면
최고로 행복하겠죠!!
그리고! 『애니메이션이 되어 움직이는 그들』을 볼 수 있다면
더할 나위 없는 기쁨이지 않을까! 그렇게 생각합니다!!

꿈, 두 개였네요.

마지막으로, 『의매생활』은 여러분의 응원에 언제나 힘을 얻고 있습니다.
정말 감사합니다!
앞으로도 부디 잘 부탁드립니다!!

나라사카 마아야 역
스즈키 아유 후기

갑작스럽지만!
누군가를 즐겁게 하는 건 어렵단 말이죠!(뜬금없음!)
목소리 더빙을 하고 있는 나라사카 마아야는,
언제나 주변을 즐겁게 해주고 있어서 정말로 굉장합니다!
존경스러워요!!
더빙을 할 때 스태프 분께서
「마아야는, 즐겁게 해주는 역할입니다!」라고 하셔서,
「대체 얼마나 존귀한 역할인 거야? 마아야……!」하면서
감동했던 것을 아직도 기억합니다…….
목소리를 맡고 있다는 것이 자랑스러워요.
마아야만 그런 게 아니라, 『의매생활』의 등장인물은 모두,
상대를 위해 노력할 수 있는 사람들이야……!
라고 생각해서, 정말로 존경하고 있습니다…….
그런 멋진 인간성이 넘치는 의매생활,
한 명의 팬으로서도
이제부터 점점 더 발전하길 기대하고 있습니다!
읽어주시는 독자 여러분도, 괜찮으시면 다 함께!
지켜봐 주세요!!
이예──이☆

마루 토모카즈 역
하마노 다이키 후기

이번에 마루 토모카즈 1st 사진집
『Tomokazu in 대만』을 구입해주셔서
정말 감사합니다.
이것도 다 팬 여러분의 응원 덕분ㅇ…….
어? ……아냐?
아닌데다가 판매할 예정도 없다니 대체…….
그러면 이거 뭐에 대한 코멘트인데요?
어?!『의매생활』이 서적화?!
우와아아!!! 정말로 축하합니다!
YouTube를 뛰쳐나와,
캐릭터들이 어떤 이야기를 자아낼지.
그 안에서, 어떻게 성장해갈지 너무나 기대됩니다.
저 자신도 서적의 이야기를 읽고서
보다 캐릭터의 이해를 깊게 해서
연기에 임하고 싶습니다!
YouTube 채널의 응원도
계속해서 잘 부탁드립니다!

의매생활 1

1판 1쇄 발행 2022년 8월 10일
1판 3쇄 발행 2024년 7월 29일

지은이_ Ghost Mikawa
일러스트_ Hiten
옮긴이_ 박경용

발행인_ 최원영
본부장_ 장혜경
편집장_ 김승신
편집진행_ 권세라 · 최혁수 · 김경민 · 최정민
커버디자인_ 양우연
국제업무_ 박진해 · 조은지 · 남궁명일
관리 · 영업_ 김민원 · 조은걸

펴낸곳_ (주)디앤씨미디어
등록_ 2002년 4월 25일 제20-260호
주소_ 서울시 구로구 디지털로 32길 30, 코오롱디지털타워빌란트 1301-1308호
전화_ 02-333-2513(대표)
팩시밀리_ 02-333-2514
이메일_ lnovellove@naver.com
ㄴ노벨 공식 카페_ http://cafe.naver.com/lnovel11

GIMAISEIKATSU Vol.1
ⒸGhost Mikawa 2021
First published in Japan in 2021 by KADOKAWA CORPORATION, Tokyo.
Korean translation rights arranged with KADOKAWA CORPORATION, Tokyo.

ISBN 979-11-278-6511-5 04830
ISBN 979-11-278-6510-8 (세트)

값 7,800원

새 엄마가 데려온 딸이 전 여친이었다 1~6권

카미시로 쿄스케 지음 | 타카야Ki 일러스트 | 이승원 옮김

어느 중학교에서 어느 남녀가 연인 사이가 되고,
꽁냥꽁냥거리다, 사소한 일로 엇갈리더니,
두근거림보다 짜증을 느낄 때가 더 많아진 끝에…… 졸업을 계기로 헤어졌다.
그리고 고등학교 입학을 코앞에 둔 두 사람은—
이리도 미즈토와 아야이 유메는, 뜻밖의 형태로 재회한다.
"당연히 내가 오빠지.", "당연히 내가 누나 아냐?"
부모 재혼 상대의 딸이, 얼마 전에 헤어진 전 연인이었다?!
부모님을 배려한 두 사람은『이성으로 여기며 의식하면 패배』라는
「남매 룰」을 만들지만—
목욕 직후의 대면에, 둘만의 등하교……
그 시절의 추억과 한 지붕 아래에 산다는 상황 속에서,
서로를 의식하고 마는데?!

드라큘라 야근! 1~4권

와가하라 사토시 지음 | 아리사카 아코 일러스트 | 박경용 옮김

태양의 빛을 쬐면 재가 되어버리는 존재, 흡혈귀.
밤에만 활동할 수 있는 그들이지만, 현대에는 생각보다 문제없이 생활하고 있었다.
그렇다, 왜냐하면 "야근"으로 일할 수 있으니까—.
토라키 유라는 현대에 살아가는 흡혈귀.
일하는 곳은 이케부쿠로의 편의점(야근 한정),
주거지는 일조권이 최악인 반지하(차광 커튼 필수).
인간으로 돌아가기 위해서, 바르고 떳떳한 사회생활을 보내고 있다.
그런데 어느 날 주정뱅이에게서 금발 미소녀를 구했더니,
놀랍게도 그녀는 흡혈귀 퇴치를 생업으로 하는 수녀 아이리스였다!
게다가 천적인 그녀가 그의 집으로 굴러들어오게 되는데—?!
토라키의 평온한 흡혈귀 생활은 대체 어찌 되는가?!

**『알바 뛰는 마왕님!』의 와가하라 사토시가
선물하는 드라큘라 일상 판타지!**

프리 라이프 이세계 해결사 분투기 1~6권

키가츠케바 케다마 지음 | 카니빔 일러스트 | 이경인 옮김

이세계 생활 3년째인 사야마 타카히로는
해결사 사무소《프리 라이프》의 빈둥빈둥 점주.
하지만 사실은, 신조차도 쓰러뜨릴 수 있는
세계 최강 레벨의 실력자였다!
게으름뱅이지만 곤란한 사람을 내버려 둘 수 없는 타카히로는
못된 권력자를 혼내주거나,
전설급 몬스터에게서 도시를 구하는 등 대활약.
사실은 눈에 띄고 싶지 않은데
개성적인 여자아이들에게도 차례차례 흥미를 끌게 되고?!

대폭 가필 & 새 이야기 추가로 따끈따끈 지수 120%!
이세계 슬로우 라이프의 금자탑이 문고화!!

라이트노벨의 새로운 빛! L노벨의 신간은 매월 10일에 발매됩니다. http://cafe.naver.com/lnovel11

꿰뚫린 전장은 거기서 사라져라 —탄환 마법과 고스트 프로그램— 1~3권

우에카와 케이 지음 | TEDDY 일러스트 | 김성래 옮김

기갑차가 달리고 탄환 마법이 쏟아지는 동방국과 서방국의 100년에 달하는 전쟁.
궁지에 몰린 동방국의 소년병 레인 란츠는 낯선 탄환을 쏘아 적 장교를 살해한다.
—순간, 세계가 일변했다.
전장은 익숙하게 다녔던 사관학교로 뒤바뀌었고, 분명 죽었어야 할 동기들의 모습도.
당황하는 레인에게 탄환을 만들었다는 소녀 에어는 말한다.
"쏜 상대를 아예 처음부터 없었던 세계로 재편성하는 『악마의 탄환』.
이대로 쓰고 싶어?"
끝나지 않는 전장을 앞에 둔 레인의 결단은—
"끝내겠어. 바꿔주마. 이 탄환으로, 모든 것을."

**세계의 섭리를 쏘아 꿰뚫는 소년과 소녀의 싸움이 시작된다—.
제31회 판타지아대상 〈대상〉 수상의 밀리터리 판타지!**

ⓒTsuyoshi Yoshioka 2020
Illustration:Seiji Kikuchi
KADOKAWA CORPORATION

현자의 손자 1~12권

요시오카 츠요시 지음 | 키쿠치 세이지 일러스트 | 최승원 옮김

사고로 죽었을 청년이 갓난아기의 모습으로 이세계에서 환생!
구국의 영웅 「현자」 멀린 월포드에게 거둬진 그는 신이라는 이름을 받는다.
손자로서 멀린의 기술을 흡수해가며 놀라운 힘을 얻게 된 신이었지만,
그가 열다섯 살이 되자 할아버지는 이렇게 말했다.
"상식을 가르치는 걸 깜빡했구만!"
이런 이유로 신은 상식과 친구를 얻기 위해
알스하이드 고등 마법학원에 입학하게 되는데—.

『규격 외』 소년의 파격적인 이세계 판타지 라이프, 여기서 개막!

©Aiatsushi 2020
Illustration : Yoshiaki Katsurai
KADOKAWA CORPORATION

백수, 마왕의 모습으로 이세계에 1~11권

아이아츠시 지음 | 카츠라이 요시아키 일러스트 | 김장준 옮김

한창 즐겼던 게임이 서비스 종료를 맞이한 날.
홀로 대보스를 토벌하고 사기급 능력을 입수한 요시키는
낯선 장소에서 눈을 떴다.
마왕으로 착각할 만할 중2병 장비를 걸친
자신의 캐릭터, 카이본의 모습으로!
심지어 갈피를 잡지 못하는 그의 앞에
요시키의 세컨드 캐릭터, 엘프 류에가 나타나고······?!
그녀와 둘이서 생활하는 동안 그는 알게 된다.
자신이 이 세계에서 신화 수준의 영웅으로 전해져 내려온다는 것을—!

마왕의 모습으로 세계를 누비는
유유자적 여행기, 개막!!